荣　荣

女，本名褚佩荣，生于 1964 年。

出版过多部诗集及散文随笔集等。参加过《诗刊》社第十届青春诗会。曾获《诗刊》《诗歌月刊》《人民文学》《北京文学》等刊物年度诗歌奖，中国作家出版集团优秀作家贡献奖，十月文学奖，全国第四届鲁迅文学奖等。

一个人的奔跑

荣荣 著

宁波出版社

序 一　目之所及与心有所接
荣荣诗歌谈片

胡　弦

和荣荣是老友了，但几十年的交往中，倒是很少谈诗。我以为，对一个诗人最大的喜爱和尊重，就是读其诗作。读到妙处，沉浸在那种感受中，并想一想作为同行，遇到此等关节，自己会怎么处理。读诗，就是最好的交谈，也是最大的享受。体会诗的美妙，默默无言地品味为最佳。多年来，我也习惯了如此。所以当荣荣说要出一本诗集，并嘱我写个序的时候，我倒有些为难。因为一直以来，我都不擅长把阅读中品味到的那种感觉化为可以描述的言语。但朋友之约不可违，所以，虽可能力有不逮，我还是辄自勉强，答应了下来。

虽是江南女子，荣荣却大气爽朗，为人处事不让须眉。荣荣又是温暖的，她开了一个公众号"早上好读首诗"，每天推一首，精选当下诗坛新鲜出炉的好诗与天下人共赏。有几次出差，我眼见她豪饮到深夜，第二天一早公众号却准时更新，让人暗自称奇。荣荣还是谦逊的，总会说某某人好某某诗好，对自己的写作却总是说写不好找不到状态。毫无疑问，她其实已写得足够好。她的诗,既不取轻盈跳脱,也不取开山之力,而是不急不过、情真理足。她能把深切的生活感受与诗句完全熔铸为一体,从而做到笔力包举。我很早就有一个预感,荣荣是那种能写一辈子诗,而且会越写越好的诗人。其诗,既见成就不易,又见不尽之妙,这本诗集就是明证。她先是传给我整本诗集的电子稿,随后从中抽取了几十首给我。我翻看这个集萃版,每一首都深深吸引了我。闲话少说,还是来看荣荣的诗吧。

正午的阳光牧场

阳光突如其来,所有的阴影开始奔跑。
像动物一样奔跑,跑入正午的阳光牧场。

那些阴影,大块的总是散落的牛马,
小块小块的,麋鹿般跳跃。

那些阴影,浓重的更像匍匐的巨熊,
浅淡的,又像攀缘的猕猴。

景观房的玻璃影子,砸在水面的冰晶上,
细碎而尖锐,它们是盘旋的蜂群。

几根空空的长杆投下的虚弱短影,
与落叶乔木精瘦的影子混在一起。

它们也在奔跑,像车流带着小块的车影
奔跑,一群群忙着转场的绵羊。
写字楼的阴影特别笨重,这些杂食恐龙,
在阳光出来之前,曾长久地蛰伏。

如同我,常在写字楼顶吹着寒风,
小心护住越来越疯狂的自我。

这与我的身体和灵魂相伴生的阴影,
是否也是一只想要奔跑的动物?

甚至更想飞起来,向正午的阳光牧场,

露出一对随时等待剥离的翅膀?

　　这首诗里,荣荣对阴影兴趣浓厚,继而开始观察。阴影由实体产生,荣荣则在对阴影的观察中重新赋予其实体——离开了原物的实体。如果把阴影理解为物的语言,那么,重新赋予其实体,则是让影子开口说话。所以,所谓影子在奔跑,不过是荣荣的语言在经历心像。阴影,是比较初级的单薄图像,但在诗中,无疑已被赋予了再生功能。荣荣利用其对实体的附会,去重新体验,并使诸多的影子重新成为一个图像库,从而获得认知的丰富性。
　　但丰富的多功能,并不能保证诗的诞生。影子被注视的时候,类似图像的终结。终结容易,再生似乎也不难,我感兴趣的是,这些影子会"重新"终结在哪里?那里有什么?我留意到,荣荣的影子基本都是动物——她并没有滥用影子的其他可能,而这些动物终结于一个"越来越疯狂的自我"。原来,那些影像,乃是"我"的灵魂所释放,是逸出的"我",它们的复杂性,为的是构成一个寻常途径难以言传的"我"。但如果仅仅如此,一首诗的所得,不过是一个未定型的象征,不免有单薄之感。她正是借助动物性中隐藏的符码和信息,才最终完成了对人间和自我的认知。

我们来看看这些形象,并提取其信息。按顺序出场的,先是牛马、麋鹿,接着是巨熊、猕猴。这仍是大自然的——荣荣并没有急着进入"人"的范畴,但这也并非闲笔,而是在精神的另一极构成对比,并直接参与一首诗的张力。然后,是玻璃影子细碎而尖锐,像盘旋的蜂群。这是从自然到人世的进入。这个进入,带着尖锐的刺痛,此中巧妙地利用影子的暗度陈仓,把玻璃与蜂群结合起来,有种玻璃破碎成蜂群的幻觉过渡以及蜂群对玻璃破碎那种痛感的二度加深。读到这里,我心里想的是:有什么类似玻璃那样的完好之物破碎成了一阵刺痛?而这种幻觉,不正是我们对所处世界产生的某种心灵感受吗?后面,则完全是都市物象的心灵投影,车流与转场的绵羊,写字楼与杂食恐龙,尤其是写字楼与恐龙,无疑暗含着现代人对现代职场的感受:掠食与恐惧。

这样,此诗由大自然感很强的牧场起兴,展开从农业文明到工业文明的场域观照和精神反射,从而在影子终结之地,萃取出了"从城市归来"的意义。

在《正午的阳光牧场》中,动物的奔跑,已被"想要""等待"等词限制。但这也正是诗歌的意义之一,传达困扰、反抗、灵魂的自觉,并以之参与时代情感的构建。

同样是现代人的精神困境这一主题，相比于《正午的阳光牧场》的图像与信息的共生，《藩篱》则另觅着力点，一句"但挣扎究竟是如何生发的"，传达出诗人"我有问题要研究"的状态，这种问题感也时时影响着我们匆忙步子的"归属和朝向"。这种对问题的触碰，在《这一天她还在人间走着》中也有鲜明的体现："她在穿越夜街嘈杂。她是嘈杂的一分子。""嘈杂"一词，无疑是当下日常生活最显豁的特征，诗中所写也正是这样的场景。但嘈杂只关体验，无关精神，看似充满了多重性的复合，实际上却既是动态的，又是固化的，意义稀薄、单一。从属或疏离，才是诗人的选择。就像所有的思想都带有某种孤寂的特征，微信里一句亲密的话，删还是不删的犹豫，使嘈杂瞬间成为背景。抒情带来的非人间的感受，使人意识到，人，带着他泛起的情感，正深陷在人间深处，并因此而触及某种现代社会的精神实质。但本诗的目的，却并非要去把握这种实质，而是要写当那种实质突然被意识到时人的感受和状态——恍惚而萧瑟。这种看似寻常的处理，也许是最老到的处理，嘈杂的场景负责叙事，瞬间的犹豫负责潜叙事，恍惚感看似一道涟漪，却连着一个精神的深水区，把部分读者留在某种深度体验中，使我们对现代人的情感和精神世界的无限深究成为可能。这样,诗也就穿过"理"到达"情",完成了一首诗自身的经历。这让我想起博尔赫斯论及诗歌写作时曾说,自己无论使用哲理还是什么别的手段,目的只有一个,就是"写出一首使人感动的诗"。考察荣荣的许多诗,我也能觉察到,她首先和最后着眼的,仍然是感情。

读这本集子时我还留意到,荣荣还是写植物的高手,说情有独钟也不为过。尤其是《苍茫》这一小辑,全是植物。难道在荣荣那里,正是这葳蕤艳丽的花花草草构成了诗歌视野的苍茫?植物给我们的通常观感,是一幅站立的画,其能动性很低,相对于动态的动物或人类景观,植物,也许更适合凝视吧?凝视,开启物的内涵,正是现代诗的典型特征,荣荣无疑深谙其道。"在许多年,不同的樱花季 / 我于同一幢办公大楼的不同位置 / 看同一片樱花"(《樱花》),这是凝视的方法论,而且所得丰厚。再试看其他:"我更加衰弱的老母亲坐在一棵多年的 / 紫荆树下"(《紫荆树下》),这是把人植入植物的背景中。"将一树繁花看得内心旖旎的人"(《白玉兰》),这是情绪感染。"怀着伤痛的人仍小片小片地 / 看过来,仍在一朵一朵地欢喜"(《油菜花》),这已是移情化入。"他怀上了一盆花,此刻他叫 / 剖腹或掏心。并且藏起了 /

掌心里的孤傲之烟"(《红掌或佛焰烛》),这是人与植物的物象共生,同时也是情感共生,植物与人在一个共同的情感体中,已经无法分割了。在这里我们注意到,植物,再也不是静止的,不是被动的被观看的对象,而是动态的。每一种植物都在行动,都是角色,使得一首诗像一个情感戏剧,在诗人的沉浸或闪念中,危险而又让人兴奋,动人有力而又深邃绵长,既体现出对情感的穿透力,又考验了一个诗人的语言功力与才思机变。比如《五节芒》:

杭州湾湿地那大片的五节芒,
带着秋冬的肃杀之气。

如果没有足够的苍凉并为之战栗,
我不会长久地爱抚它们。
不会将被它们割伤的风的皮肤,
移植在内心,让一种痛抱抱另一种。

这里最奇妙的是,在我们的经验中,风,是看不见的,"割伤的风的皮肤"当然也不可能被看见,但荣荣却能把它置于我们的注视之下，带来了新的甚至是伟大的体验，从而使我们在经验之外找到了动人的真实感，进而使一首诗的价值变得无可估量。荣荣的写作是能动的、警觉的，总是在驱动物去尝试完成看似无法完成的任务。同时，随着人到中年，其情感指涉愈加复杂，纯度却在不断提高，情感的推动，使得她的诗呈现出一种"涌动"的状态，"推敲"反而变得次要了。也可以说，在叙事大面积流行的当下，荣荣通过对物的凝视，恢复了抒情的庄严。

这本诗集，第一辑写精神困境，第二辑写爱情，第三辑通过植物写人生百态，第四辑大都是山水诗。其诗之美，不但在于取材丰富，更在于其感知的敏锐。无论市井画面还是山水绿植，都只是取像，而其寄寓在人。诗中的折射，正是其感知深化后的人类世界。此中幻变，体现的是对人的面目和精神的观察与思考。奥登说："诗歌就其本质而言是一种思考性的行动，拒绝满足于突然插入直接的情绪，以便了解所感觉到的东西的实质。"荣荣的诗正是这样。以其爱情诗为例，在这些诗里，她把爱情作为可探讨的主题进行写作，追求的是心灵的震颤，隐秘情感的爆发，更有对这种震颤和爆发的静观。实际还不止于此，她试图使爱成为一个"情感之门"，在感知和想象的驱动下，走向更深的经验，并辨认其触及和意义。或者说,情感在这种探讨中,在与障碍、问题和情绪的触碰中,慢慢嬗变为一种终极目标,演变为一个当下问题,进而再创造出一个困惑的情感肉体。比如她的诗《算法》:

她在摆弄一份情感的算法。

起初她只发现了它的缺陷。
那些随机输入,小仗义小关心,
这许多的小感动,
是同一棵大树上的小枝杈。

几次相拥,几分落日的伤感,
轻易就跑偏了怀抱。
几杯酒又轻易夸张了它。
月光落在枝头上,夜半无人,
千丝万缕的直觉,私语和床戏,
转为现实的形式和世俗的无意义。

肢体的虚缠更让数据失真,
未来变得无法管控。
没有离谱,只有更离谱。

若有似无的爱,自动生出锋刃和空间的
复杂度,生出隔岸的雨雪。
无边落木萧萧下,不尽的江水
在丢失,在他处结冰。

多出来的负面,是风景的逃逸,
是抱怨和猜忌,是疏远和分裂。
一颗心跑得更快,比温暖快,
快过一则灰暗的笑话,快过悔不当初。

"幸好只是一次推演。"
"幸好只是一个算法里的终态。"
她停止加减乘除,在象征的大树上,
找到时间端点里又一个厌弃的死结。

这样的爱情诗无疑别有价值。美国垮掉派诗人金斯伯格说："我的诗是天使的疯话。"当天使跌落在人间,她的语言可能是"正常"而"严肃"的,但却容纳了更多的情感、社会冲突,因此增强了困惑和批判性。在对庸俗的反抗和解构中,荣荣植入了独特的感受和理解。通过这样的诗,我们看到一个为情感所困惑的凡人,同时,我们也看见了一首诗借助爱情对生活具有的消化能力。爱,跳出了即时性,变得有了回声,意义重大,成为我们生命中重要的精神事件。

我不想过多地强调爱情与社会的关系,实际情况是,只有我们美好的情感世界,才能更好地保护一首爱情诗对时间的穿越。荣荣有首《江南路上的香樟树》,写的是一棵香樟树旁始终有人站着,"只有我看到了那份笔直的耐心／像一截枯木挣扎着绿意",于是我也想与他并肩而立,"伪装成滞留在人间的／一个年老的天使"。是的,爱人会离去,生命会干枯,但陪伴的幻觉一直在,并被投放在风景中,使风景一直都在参与人的感情。这才是回忆的情感本质,也是对爱最好的看护。这首诗的写作策略,不再是直接写灵与肉,而是给深沉庄重的东西赋形,并把它们放到心灵的框架里去运作,使一种强烈的涌动获得了温柔感——爱,成了像胎记一样的东西。最后，使情感从一种更宽阔、更宽广的遗传意义中显现出来。——当情感不再劈面而来，而是包含在一种总的构想中，它的存在已更加深刻。

从这本诗集来看，在诗艺上，荣荣继续着其探索并掌控自如，且已愈加丰富多变。前几年，我们谈论的是荣荣对更年期题材和感受的处理。现在，她抒写的对象仍可归类，却更多样化。有句话叫目击成诗，荣荣的部分诗也有了这种直接和天成。这是对以往写作的进一步丰化，目之所及，即能心有所接，且能肆口而成随意付与，于纠缠中见透彻，于觉悟中见浓穆。杜甫说"老去诗篇浑漫与"，这几近写作的自由境界。荣荣不老，但"浑漫与"也许已不远。

是为序。

2021.04.28

序 二　　荣荣的变化
史一帆

今年年初有两个变化让我印象特别深：一个是天气出奇的冷，静海苑里从不结冰的母亲池结冰了；另一个是荣荣诗歌的变化，出乎我的意料。南方天冷，午后还是有短暂的暖意的，我正是在某个午后的冬日暖阳里看到荣荣的那首《正午的阳光牧场》。事实上，我发现荣荣诗歌的变化正是从这首诗开始的。之后，我忍不住写了那首诗评式的诗：《零碎的，却更精致更别致》。再以后，预想更大，带上荣荣已往出版的诗集，计划在乡村——我的静海苑，写篇比诗评更深、更宽泛的诗歌研究。

我从不怀疑自己的写作能力，但一直迟疑自己的写作状态或定力。我崇尚诗意的、虚度的生活，认为这些比写作本身更重要也更快乐。因此，到了乡村，我几乎不看诗，忙于开荒种菜，爬山遛狗。我自以为这次我将荣荣的诗集放在床头上，我有定力阅遍它们，结果还在看纸质的诗集，荣荣的新作已铺天盖地而来：纸质的诗刊杂志，网上的公众平台，几乎同时推送着。我看得有点应接不暇，似乎有点吃在嘴里看在锅里的感觉，且锅里的都是新作,有荣荣变化的部分。这样,不得不放慢或者放弃我对纸质诗集的阅读。转过头来,看荣荣的新作——看她变化的那部分。

荣荣的早期诗歌几乎不用标点。2011年前后出版的诗集《地方新闻》与《零碎》里有几首用了标点符号。2013年,由潘洗尘主编的《荣荣新作快递:秋来书更疏》,32首短诗中也只有3首完整用了标点。2014年出版的《时间之伤》也极少用,用了也是不完全或者是不完整的(譬如《心舍利》这首,前一段不用标点,后两段对白或自言自语用了标点)。2017年出版的诗集《隔空对火》稍稍多了几首(我统计了一下,136首诗中,完完整整用了标点的有19首)。至2020年或者2020年以后,我看到的荣荣的诗作,几乎每首都完完全全或者说完完整整地用了标点符号。我为什么这么强调用标点符号?这可能是我的一大偏爱或偏执。说句狠话就是:不用标点符号的诗我几乎不看,除了公认的特别优秀的诗人的诗。因为有了这样的理念,我看诗看人有我的审美倾向或者说偏差。譬如云南的两位诗人于坚与雷平阳,前者不用标点,诗写得越长,我就越看不下去,越觉着拖沓;后者善用标点,越看越想看。公知公认程度上,或许于坚更著名,但我更偏爱雷平阳。从这点上,我自认为,于坚不用标点,对他来说是减分的。而对

2020年以后的荣荣来说,自然是加分的。我忍不住对荣荣说:"你不妨把过去的诗加上标点试试,或许显得更有节制,或许会改写成更好更新的诗。"事实上,不用我提醒,荣荣也正在朝着这个方向主动尝试着,努力着,美化着,享受着。只要稍加留意,看看荣荣给昭昭的两首诗前后的变化:2020年出版的《如果我再也不能回来:江南梅纪念集》里的两首(《经过》与《约茶兼致病中女友》)是不用标点的;而今年发表的除标题稍做改动外,完完整整地加了标点。审美情趣与感觉上哪个更好更美,一目了然。至少我是有这样的感觉:这两首悼念诗,荣荣本身就比其他诗人写得好,加上标点就更美、更真挚,似放慢了脚步的午后两个人的聊天。喝茶越静、越慢,生者对逝者的挽留怀念越深。

荣荣的诗歌变化,其次表现在对爱情或者婚姻的猜疑、忧伤。如她的一本诗集的书名《时间之伤》,更像她早期写的那首《焦虑》本身:

一次次醒在半夜
醒在焦虑里像醒在废气中
试图推醒谁:

你听到我的呼吸了吗?
一个世界背转了身
没人看见她着火的咽喉

一生总有那么几回
这次是不是终结
发烫的手擦不尽的汗
一只惊惧的猫
"我摸到了焦虑,
它是立体的,
旋转着的,
像一块灼红的炭。"

　　需要指出的是,尽管诗中表现出那份焦虑、猜疑、忧伤,但荣荣这期间这方面的诗歌主题还是离不开爱,她对爱人是宽容的,对爱情是寄予幻想的。如《心舍利》:

多少年了,她用黑夜追着他的星光,

当他猜忌,挑剔,使小性子,
她也正在猜忌,挑剔,使小性子。

"神啊,愿他是完美的。
不猜忌。不挑剔。不使小性子。"

"神啊,如果这辈子他无法完美,
让我继续迷信他的不完美。
无限依恋他的猜忌,挑剔和小性子。"

  2020年以后情爱、婚姻方面的诗,表现出的则是银杏黄般的阳光、少女般的迫切与坚定、梦想或理想般的灿烂:

如果能够设计,一定要在深秋,
一定要去银杏树下,一定有个
黄皮肤的男子,必须从春天等到银杏黄。

然后是相遇。台词是现成的:

"是你吗?真的是你吗?"
"你终于来了。一切还没有太晚。"

然后是几个特写:负距离的对视和
红衣裳红脸庞。怼天怼地的黄。
再拉个远景:一棵银杏,一长溜银杏。

它们都黄着。黄金的黄。黄帝的黄。
黄酒的黄。枯黄的黄。黄连的黄。
嫩芽的勃发之黄,落叶的凋残之黄。

它们点着了深秋的灯。深秋亮了。
深秋要不要这样好看,就像一场相遇?
深秋加爱情要不要这样好看?

然后再设计重逢,反复的重逢。
用硫黄的黄,黄昏的黄,抵死缠绵的黄。
没有迷糊,猜疑,哭泣,抑郁。

银杏树不会弯腰给她拥抱,他会。
银杏树太高太硬了,他正合适。
一切刚刚好,她与银杏黄与黄皮肤的男子。

  我之所以引用整首《银杏黄》,主要是因为不想破坏整体的感觉。我承认我不是擅长引用诗句的评论者,也不屑于当今一些诗评家常常抽出几句诗句加以佐见或论之。《银杏黄》美在整体,像一幅油画,点点或层层阳光般的金黄最终风光在结尾处:

银杏树不会弯腰给她拥抱,他会。
银杏树太高太硬了,他正合适。
一切刚刚好,她与银杏黄与黄皮肤的男子。

  同样有这样整体感觉的还有这首《遇见》:

那一天是哪一天,是否有个你在行道树旁
等候,或只向苍茫而立?
头顶是法国梧桐飞舞的落叶淡黄。

写字楼的人走空了,扫街的人也不见了。
边上红茶馆落锁的声响,惊动了浪荡的猫。
你还站在那里,圆周率一样没完没了。

或者你就是我要忘掉的某个人,
就像遇见为了告别,拥有只为失去。
或者没有你,只有一棵人形的树——

让世界看上去仍是理性的。
或者你是许多个你,像许多个等候在
接龙,许多个期待让夜晚柔软。

又或者你是过去的某个我或干脆就是我,
人间只是一个镜面,一整天我都被自己望见。
我这就牵你回家。我这就牵我回家。

不靠谱的记忆总是迷雾重重。
那一天我的家在哪？我是否还一再相询：

你是谁？你究竟又是我的谁？

  对应荣荣的早期情爱诗，当下荣荣的新作不再焦虑、猜疑、忧伤。如果说早期的是幻想，现在的则是梦想、理想、期待与憧憬，哪怕是一种怀念或追忆，也是阳光的，不再忧伤：

是哪一年，看多了金庸，
他们相约江湖，她是他的蓉儿，
一辆旧吉普乱走，也算信马由缰。

小饭馆一杯黄酒暖心，
木格窗半弯残月清浅，
秋日正好，适宜看江山红遍。

他最喜夜色浓郁，灯光太美，
晃一脸朝气一脸沉醉。
她最喜夜街清冷，有爱情任性出没。

行到泽国,无路可走车。
"不能留这吗?"但谁也不说。
一片意念的大水漫过胸口。

多少年过去了,这片陈年的大水,
仍耸立如山,仍持有
强劲的瓦解力和无法翻越的陡峭。

  荣荣的变化,还在于她写作悟性的再一次提升。通常来说,随着年龄的增长,智力、想象力、感悟随之迟缓。而荣荣则是个例外。就说上面这首《泽国》吧,原本的结尾部分是这样的:

再见已是白发,遗憾错过了什么。
又觉得也没错过。当时有更多的坚持,
又能如何?有更多的决绝又能如何?

也想浪迹天涯,只怪天涯无路可达。
偶尔风吹草动,也是江湖刀剑激越,

也想浪迹天涯,只怪天涯无路可达。

　　看上去也没有多大问题,连接上前一部分,整体也说得过去的,不会差到哪里去,只是感觉写得规范些,老实了点。荣荣曾征求过我对这首诗的意见,但没等我说完,她已秒发过来:

多少年过去了,这片陈年的大水,
仍耸立如山,仍持有
强劲的瓦解力和无法翻越的陡峭。

　　我无话可说,暗生敬畏。艾略特获奖后不再写诗,许多诗人获奖后不再写了或者写得退步了。荣荣获奖后,像个文学爱好者,悟性更强,提升空间更大,思路更阔,写得更精致、更别致。荣荣与我同龄,都属于奔六的人。这个年龄创作作品呈上升趋势,且行文如行云流水,真是难能可贵。可以预见:荣荣是一辈子可以写诗的人,且她今后的晚年诗将写得更宁静更智慧更别致。就像我喜欢美国诗人沃伦的晚年诗一样,我将看重与喜爱她当下的诗、未来的诗。

善用标点,使得荣荣的诗歌更美更有节制,而情爱诗的波浪又激荡了荣荣诗歌创作的热情。诗,不在发展,在于变化。帕斯如是说。可以预见,2021年,荣荣的诗歌创作将会更丰盛,伴随着荣荣新诗集的出版,这一年将是荣荣自己记忆与珍藏的荣荣年,也将是我们祝贺荣荣创编丰收之年。

2021.04.30

目 录

第一辑　藩　篱

正午的阳光牧场　..005
藩　篱　..007
这一天她还在人间走着　..008
秋天的形形色色　..010
宏　观　..012
悲欢之书　..013
约茶致病中女友　..015
再致病中女友　..017
小区午后　..018
小区暮景　..020
会展广场的午休时分　..021
雷　雨　..023
凌晨三点的醒　..025
跑　..027
一个人　..029
遥　远　..031

经　年　..033
感　怀　..035
夜　云　..037
另　类　..039
随　机　..041
惊　..043
有　赠　..044
非常时期　..046
幽暗植物　..047
子不语　..049
在海边　..050
逃　遁　..051
阳　春　..053
镜　中　..054
岁　月　..055
潘天寿　..056

第二辑　遇　见

缘　起 ..073

遇　见 ..075

误　入 ..077

星　恋 ..079

银杏黄 ..080

那一晚或电影 ..082

注　定 ..084

荒　凉 ..085

唢呐的秘密花园 ..087

仿若尘埃 ..088

方　程 ..089

南方细雨中的高铁站 ..091

迷　信 ..093

题旧照 ..094

人间值得 ..096

失　意 ..098

散乱的月亮 ..100

火　焰 ..101

牵　手 ..103

泽　国 ..105

疆　域 ..107

冬　至 ..110

过 ..112

微　茫 ..114

任　性 ..115

全　程 ..116

算　法 ..117

第三辑　苍　茫

星空下的紫云英 ..123
樱　花 ..124
江南路上的香樟树 ..126
苍茫的白桦林 ..128
月季花上殷红的残雪 ..129
浪漫海岸高大的椰子树 ..130
寒　芒 ..131
红掌或佛焰烛 ..132
四明山红枫 ..133
五节芒 ..134
油菜花 ..135
白玉兰 ..136
紫荆树下 ..137
海棠姑娘 ..138
杜鹃花开 ..139
山茶花开 ..141
浓雾里的杉树林 ..142
李白墓园里的八角金盘 ..143
三色堇 ..145
昙　花 ..147
运河边这一丛芦苇 ..149
橘乡临海的一只橘子 ..151
一树繁花 ..153
芒　草 ..155
月季花瓣 ..156
残　菊 ..157
杀死一只柚子 ..158
芦　花 ..160

第四辑　奔　跑

承德围场的向日葵 ..165
东湖午后密不透风的静寂 ..167
在宁海温泉森林公园 ..168
青山湾 ..169
官鹅沟的一只蝴蝶 ..171
窑湾古镇 ..173
通贵桥 ..174
北固山 ..175
山塘街即景 ..176
龙王庙行宫 ..177
在皂河闸 ..178
个　园 ..180
拱宸桥 ..182
漕运博物馆 ..183
西津渡 ..184
谒惠山阿炳墓 ..185
在茅台镇品饮老酒 ..186
参观茅台酒厂基酒车间 ..188
晨起在茅台国际大酒店
旗杆广场独步 ..190

游　园 ..191
在神木 ..192
盐官观潮 ..194
重读《我爱这土地》兼
怀艾青 ..196
五粮液 ..198
奇云山的云朵 ..200
太平桥 ..202
曲水流觞 ..204
大香林 ..205
100里的若耶溪 ..206
某日喝泸州老窖畅想 ..208
向阳小学的诗歌课 ..210
西沙湾假日酒店 ..212
温泉寺 ..213
黛　湖 ..214
缙云山 ..215
摩　崖 ..216
览亭眺远 ..218

第一辑

藩篱

正午的阳光牧场

阳光突如其来，所有的阴影开始奔跑。
像动物一样奔跑，跑入正午的阳光牧场。

那些阴影，大块的总是散落的牛马，
小块小块的，麋鹿般跳跃。

那些阴影，浓重的更像匍匐的巨熊，
浅淡的，又像攀缘的猕猴。

景观房的玻璃影子，砸在水面的冰晶上，
细碎而尖锐，它们是盘旋的蜂群。

几根空空的长杆投下的虚弱短影，
与落叶乔木精瘦的影子混在一起。

它们也在奔跑，像车流带着小块的车影

奔跑,一群群忙着转场的绵羊。

写字楼的阴影特别笨重,这些杂食恐龙,
在阳光出来之前,曾长久地蛰伏。

如同我,常在写字楼顶吹着寒风,
小心护住越来越疯狂的自我。

这与我的身体和灵魂相伴生的阴影,
是否也是一只想要奔跑的动物?

甚至更想飞起来,向正午的阳光牧场,
露出一对随时等待剥离的翅膀?

藩　篱

"你在空间里看到的往往只是二维景象。"
一只蚂蚁在叶片上爬向它的晚餐,
真实永远在叶片背面。他看到一只狗,
撕咬着它的颈圈,还有花背心,
那些步子都有匆忙的归属和朝向。

但挣扎究竟是如何生发的?
没有绳索和伤痕,没有看得见的辜负。
每一个微小的念头升起的小簇焰火,
要穿过几重屏障,才成为夜晚独立的
光点,一个自由的范畴?

一粒小的更小的飞尘,翻入这个时空,
禁锢于光线,水和食物,还有欲望。
"也许,走向你的努力都是徒劳的。"
他的履历简洁,从一点向另一点,
"你就在笼子里。"从一个向另一个。

这一天她还在人间走着

这一天她还在人间走着。
还是人间的。还在一次次归来。
行李箱拉杆上晃荡两袋鸡子与菜蔬,
她在穿越夜街嘈杂。
她是嘈杂的一分子。

这一天她仍在凡俗里,
几辆打转的汽车寻找着泊位,走过她。
霓虹灯乱转的理发小店,走过她。
满架琳琅的烧烤摊,走过她。
便利店叮咚一响,一个街坊男子
举盒烟出来,走过她。

那个瞧着手机跟唱的女子,
那个跨坐在电瓶车上的盆景兜售者,
差点撞上她,夜色遮掩了他们的脸容。

她盯着微信里一句亲密的话，
删还是不删？这来自远方的硬汉柔肠，
也跌落于日常的琐碎和抒情。

这一天她还在人间走着。
还是人间的。还有些不舍。
路过小公园，冬天仍在深入，
银杏已脱完一头明黄，鸡爪槭的叶子
蜷一半撒一半，扮演又一场春红。
这一天所有昨日重回，似有新的抉择，
往左是时间恍惚，往右是自然萧瑟。

秋天的形形色色

植物园里,那些形形色色的高低错落让秋意
丰厚。层层叠叠的万寿菊挤压着鼠尾草的粉紫。
蒲苇的颓废对应着美人蕉的哂笑。

紫荆树又一次让出大半叶子,它的萧瑟多像
一个穷人。鸡爪槭却是意气少年,
蜷曲手掌里的力量生硬而无法排遣。

梭鱼草装出跋涉的样子,被栀子花一眼看破。
葫芦藓在巨石上攀缘,准备着一场潜伏。
乖巧正气的红豆杉下一刻说不定会去捅天。

群栖的黄栌,集体于水边日消夜磨着。
地界划得分明的杜鹃花和金边黄杨
是老死不相往来的邻里,有着同样齐整的静穆。

而桂树抖落了最后的香,与不事颜色的
竹柏和冬青一起,成为旁观者。
旁观的还有太多叫不出名的树。还有我。

我误入树群,与每一棵都不亲密不纠缠。
我愿意这样孤寂着,独看暮色长过秋色,
等候一场更孤寂的风,将我彻底带走。

宏　观

宏观的是天空，星辰是她的细部，
像无数只光球收编在一只竹篮里，
被宇宙这个黑家伙挎在臂弯。

这是想象的开阔。也许还伴着歌声，
像群鸟被迫合唱。也许还看见舞蹈，
金光的衣裙旋转出复合的化学味道。

她在户外站了很久，她的站立更接近
孤单还是悲伤？但想象让星辰靠过来，
被玩坏的光点在竹篮里四下跑动。

并不再有任何的争辩。就这样吧，
那被无端删除和遮蔽的，被给予又被拿走的，
真不算什么，这渺小的注定被忽略的……

悲欢之书

她怎么可以将悲欢写得那么大？
比看不见的寒冷大，比看得见的阳光大。
她怎么可以将悲欢写得那么蓬勃？
像有了实体，一茬茬的嫩芽与露珠。

她怎么可以将悲欢写得那么宿命？
像一种秩序，被事先设置和安排。
她怎么可以将悲欢写得无始无终？
像岁月往复，昔日重返。

一本悲欢之书，还带着独特的味道，
一大团悲伤混合着一小点快乐，
它们叠加着搅和着，改变了此刻
阳光的味道，风的味道。

我只是从书架上随手抽取了一本，

我以为边走边读,很快读完并能忘记。
她怎么可以像一个圈套,把我拉入,
像要动用我的身体,像要校正我的灵魂?

我所有过往的悲欢都跑出来了,
我所有过往的悲欢都有了实质。
现在,它们成了她的一部分,
那些不值一提或毫不起眼的波澜。

她怎么可以还我以鄙视之眼?
有一会儿我离开了我,仿佛悬离,
看到一个女子,沉浸于一本大书,
树荫落下来,加深了她脸上的斑驳。

约茶致病中女友

能否再约你喝茶,
即使在不确定的日后?
人生有多匆忙,你我唯一闲散的
一次茶叙,早沉入时光深处。
我几次有意地捞起,
只想让记忆的回甘,
掩盖探视时光的沉闷。

那个下午就在茶汤里浓浓淡淡,
你一杯阳羡,我阳羡一杯。
茶色一样的醇厚浓郁,
心情一样的散漫寡淡,
佛陀唯心,现实唯物,
话题却宽松绵长,
隐隐听见时光磋磨的齿轮嘎嘎的声响。

那个下午就在茶汤里浓浓淡淡。
那份闲适,多年前早被你我忘却。
我这个冷情之人,
总会被梦里的清冷吵醒,
现在是你突然暴发的疾病。

能否再约你喝茶,
即使在不确定的日后?
眼下,你真理一样瘦弱而倔强,
眼睛也益发大了,泪水流淌处,
人生这杯茶,你正独自泡到痛处。

再致病中女友

她往前走,越过我们。
她不是第一,下一个是谁?
急骤衰老的容颜,
更小的,更薄的唇,
更稀薄的短发似落霞。
想起她,我有种莫名的痛,
还会回到那些原点,那些有她的场景:
初识、郊游、吟诵、闲谈,
一场场由心的出发。
但她独自往前走了。
她曾经过了什么,天全知道。
她还会经过什么,天全知道。
只是曾经的坚持,如飞速消化的餐点,
曾经的意气,也如同喝茶八卦。
她受过的苦,仍在大地上复制,
世间日月也无非短到崩溃或长到绝念。

小区午后

小区午后的闲适里有一份静寂,
需要有人进驻或造访。
也许可以是一双年老的残腿,
从小区新布置的假山慢慢移向狭长的池塘。

也许可以慢慢看过去——
高大的柚子树上无人采撷的酸柚子,
有好看的色相。茑萝松爬出了谁家的
栅栏?芭蕉的老叶子在枝干上无力地挂垂着,
碰触更低处低调的串串紫苏,状似无意。

被红花檵木圈围的日常有些拥挤,
叫不出名的鸟或野猫在见缝插针。
连排别墅的小庭院里那些秋千、躺椅、茶桌,
不同阳台里摆着的各式绿植,
在这个共同的秋景里一起招摇。

短衣长发的女孩踩着轮滑,像翔鸟
倏忽不见。安宁刚刚好,
安宁就是此刻的静寂,而你融入。
也许还有一份额外的自在,
铺满睡莲与残叶的池水里一池碎云妖娆。

小区暮景

桂花树在上一季就收了香气,
绯色的云,醉了傍晚的天空。
两棵紫叶李,兀自护着暗红的果子,
凉风中晃动的是碧绿的海桐。

一个中年人,缓缓走来,
他的眼底敛着半明半暗的宠溺。
脚边窜出的老猫,在空地里伸着懒腰,
它的闲适,加深了周遭的寂静。

有人在窗前张望,他探究的一眼,
似乎让低处的黄杨纠结颤动。
此刻,我与世界还有多少关联?
近旁的那棵竹子,正清理去冬的残叶。

会展广场的午休时分

这是一天里的边角时间,
那些闲聊者,漫步者,散坐者,
全是写字楼的方块里游离的笔墨,
零碎在会展广场午休时分的恬淡里。

也有激越的。比如那人,
仿佛被整个世界辜负,
将手机甩在地上又踩上几脚。
这是它零碎里的尖锐部分。

也有小言情。有人神情落寞,
内心的斑驳总是太过飘摇的犹疑。
下一刻他会不会阴转多云,
在即刻现身的女子的几句软语里?

我将手插在衣袋或背在身后,

顾自走着。看那个园丁又一次
拉出细长的塑管,他在浇灌。
看那名红衣女子又一次从对面跑来。

阳光落在她的跑与漫天喷洒的水雾上,
它们都在缠绕,我的走也穿行其中。
此刻,广场上所有无深意的零碎,
都如台阶错落,小径浅白。

雷　雨

突然就下来了，
突然有了那么大的声响。
你相信，之前真的有过长久的
悄无声息的酝酿？

那个突然沉默的人，
有可能回到了从前，
他的安静里，有着浓郁的情绪。
谁还在分辨他脸上五颜六色的沉浸？

滞留的还有低迷的老歌，
那里有一只只乱走的伤感之手。
有人盯着旧剧照上那个清澈的眼神，
有人伤神于话本里冗长的结尾。

而那个胸有雷霆的人，

内心一定自成气候。
泡茶的手被无视干净,
眼角眉梢的情谊,没有明天的模样。

时光像茶水续杯,越发寡淡。
满大街的雨水仍在不要命地流淌。
多年前我们有过很多期望,
那份平淡并没有真正到来。

凌晨三点的醒

凌晨三点的醒是一把使废的旧镐。

一定是翻找得太狠了,
她狠狠地将自己掀到了梦外。

风一样晃来晃去的孩子,
还在黑夜的枝杈上,等她。

她愿意沉浸,这非现实的,
这自欺欺人的,温暖或宽慰。

凌晨三点的醒是一把纸糊的木桨。

雨水一样淌来淌去的孩子,
还在黑夜的彼岸,等她。

她要泅渡,她要努力返还,
却更冷冽地远离,与快乐悖反。

凌晨三点的醒是一个人遗世的崩溃。
她深陷于她的醒,她无边的惶恐。

跑

她看着另一个自己站在那条跑道上，
蹲伏，起身，等待一记枪响。
莹白的是月光，是跑道的无限延伸，
还有起跑前紧绷的唇线。

一切似乎都被预设：秩序，场景，
模糊的围观者，教练，裁判。
有人陪跑，或许她也是陪跑，
谁是那个命定的主角？

"保持你的节奏，努力跟上。"
"保持你的节奏，不要超越。"
寂静里两道叮嘱的声音，
像是她发出的。但奔跑的她听不见。

她看着自己跑着，体内有什么也要

跑出来。她在摆手阻止。
后来她看着许多个自己在跑,
一起出发的人早不知所终。

跑过观众席,跑过景观台,
跑过拉满彩带和横幅的围廊。
跑到一个布满路障的弯道上,
她开始加速。这时她的跑更像一场逃亡。

后来她看着自己跑到了场外。
后来她看不见奔跑的自己了。
那条跑道扭动着,漂浮并且旋转,
隐入眼前慢慢展开的一角虚空。

一个人

这个简单的人,独自就将一条街
走逼仄了,走得天荒地老。

没有那些依坡而建的房子,
没有长长的石阶通向他人的日常。

没有深夜里无人的公交,
慢慢地驶远,带起空旷的轻尘。

没有连片小区有点神秘有点温馨
又有点孤寂的灯火。

没有温和或伤人的话,憋在心肠里,
没有大风萧瑟,没有一两道飞舞的门帘。

没有那些门店!其中有一个写着

水产医院：出售消毒水和鱼药。

也没有遥远的水域，在暗处亮着。
她扭扭僵直的腰身，一条渴水的鱼。

遥 远

修剪后的樟树露出新鲜的伤口,
陈叶落下来,又是阳春一景。
荠菜花低迷地开向街沿,
无关一场不着边际的爱恋。

那么多人挤在来与去的路上,
或高或低,或缓或急。
也有人不停地退出,
也有人不停地远离。

一个摆着陶醉姿势的青年,
总以为深谙了这片景致,
他爱看晕眩的风掀开的紫纱裙,
爱看那人眼里溃败的潮水。

我该如何重新去爱?

即使极度厌倦，也能心怀欢喜。
我越来越不喜欢遥远的事物，
愿意活得更像紧咬在岁月里突然松开的牙口。

经　　年

与岸边的树长久地凝视，
风吹过，眼神与水波同时晃荡。

或者慢走，寂静里，
她拖沓的步子有细致的回声。

也可以长久地坐在屏幕前，
看别人的故事，不再代入。

在漫长的生存期里，
这个女子没有太多的自娱。

但是仍可以折腾或回溯，
或重拾被阻隔的零星片断。

那些碎片，刹那流转的情绪。

那些可以拿来重新掂量的交集。

比如与谁同骑单车,谈论睡眠与胖瘦。
比如闲敲棋子,锋芒尽在相让里。

比如突然变坏的天气里糟糕的脾气,
突然被询问及置之背面的质疑。

想起那些被遮蔽的伤感和真相。
想起辞世经年的人,今早园里的飞花。

她不语,仿佛仍能掌控所有的境遇。
继续扮演她的阅尽风霜。

感　怀

此刻，你小眼神里的千山万水，
你不敢碰触的大悲大喜全是误读。

只不过是一个喜欢独自回头的人，
只不过是一座安静的老宅。

只不过栖息于日常，像鸟入密林，
鱼煎两面金黄，土豆碾作泥，
大块萝卜煎熬在羊肉清汤里，
清空的酒坛锁一两朵闲散的野花，
一屋子的家常像清冷的梦零零落落。

只不过有很多的路径，
回头时或疾速奔走或蜗行，
躲开臆想的明天里，
那被预订的疾病或一些生不如死。

也可以从更多的明天返还,
回窥眼下。多么好的眼下。
那里,你担忧的小眼神,
空气里透着的若有质感的安逸与舒爽,
都值得赞美。

夜　云

相聚无语时也许更适于望天，
看昏暗夜色里，许多年的流云，
聚拢又分散。
它们白净着，飘忽着，
反复擦拭靛青色的天空。

后来她的绒帽滑落，露出
后移的发际线和风中的头痛症。
后来我们的看更专注更耐心：
又一堆白云飞散后，一两颗星星冒出来，
像平整后的土地里一两株杂草，
大片的靛蓝在逐渐转黑并且辽阔。

偶尔也夹杂几句闲话，类似
"假日的高速像老年人的肠道……"
"醉酒的丈夫总想晚节不保……"

"年轻人,说啥是啥……"
"老王的脾气越发的古怪……"
闲话太闲,如风烛一提头就灭。

挥别后那大片夜云仍跟在身后,
这些庞然之物,继续飞速变幻,
继续高高在上,看我快步遁走,
像蠕动于陡峭之中的蚂蚁。

另 类

总有一首歌能分开众人，
分开他们不一样的哀伤。
若有人凝神，就可能看见，
那些拐着煽情小脚的音符
绊倒的痛楚，多么五颜六色。

这些相类似的人，三五成群，
仿佛划归于同一阵营。
这让他们在一个个回旋里，
不计前嫌，左右互拥，
像被宽恕的无心之失。

一份类同的生存体验，
坠入一首歌里，
不一样的生存或消失真实而巨大。
他们究竟经历过什么，

让一首歌给出了最原始的反馈。

但也会有人,将被这首歌排挤,
一个另类,带着他的暴走因子。

在悬崖上,在苦海边,
他的回忆在跳崖,他的未来在泅渡,
喉咙里默然的嘶吼自成旋律。

随　机

又一片新城拓展着公交路线，
又一茬孩子，被更多的什么牵动，
左张右望。昨天他们还在奔跑，
像新生的叶子，满春天都是他们
无所顾忌的张扬绿意。

一切仍在继续。启动键被按下之后，
许多被摒弃的东西又在强势入场。
还好，现代指针下那些人的坚持还在，
他的嗓音颤抖着，似在质询，
他的质询也有人倾听。

我也在反复行走，一只被遛的狗，
紧绷的绳圈，让日子气喘。
桂花很香，也可以是过敏原。
零星地咳上几声，远处的街巷里，

也会有一两点戏剧的回声。

然后是暂被抚慰的身体,
松懈,瘫软,如一退再退的城郊。
误入轮回的鸟等着黄昏的休止符,
或是循环的时间。在那里,
生存就是重复,而我也只是其中的偶然。

惊

这些日子我常常夜半惊梦,
见到那人在独自奔跑。
有什么值得一个人在梦中奔跑?
有时我也会见到他进入无人的房间,
盆栽吊兰兀自爬满一地,
他脚底传来的莫名脆响,
让一屋的孤寂变得惊心。
偶尔我还会梦见他移动的背影,
仿佛是为谁构筑的布景,
而他在远去,像是不愿为谁停留。
那人是谁?午夜静寂里藏匿着的
神秘与恐惧,与他有何关联?
我想不起来,辨认的心突然被揪痛。
我无法联系,也庆幸无法联系。
我害怕那些吓人的消息。
没有消息就是最好的消息。

有　赠

缓缓，让疼痛缓缓。

这口浊气阻滞已久，就让它
在岁末年初再卡一会儿。

人间太浅薄，爱不了你的样子。
你举目无亲，彷徨四顾的样子，
你拼死理会又苦苦等候的样子。

等你停止摇晃，在小旅馆的黄昏，
在大樟树下的医院，在支离破碎的
镜面，在你自闭的孤寂山水里。

等你看清了人间疼痛，
比孤寂更大。
一只自我号啕的酒杯，

装下你歪斜的步子。

你就能缓过来,
吐出身体里一只又一只麻雀。

非 常 时 期

他又带回一大沓医用口罩。
"没事尽量别出门。"

她用沉默压制着委屈。
他的沉默却更像掩饰。

寒风在窗外举着长笛,
吹着高高低低的破音。

"就不会温柔一点吗?"
"你缺这个?"她翻个白眼。

也许他想着和解,终究摔门而去。
也许她还在挣扎,只关乎婚姻的脸面。

"别开房。说不定会被排查行踪。"
她编了一条信息,终又删除。

幽 暗 植 物

他归来时,夜色正浓,
月光清浅,照见他的从容。
而她蜷在床上,一壶更清浅的茶。

她听见他在更衣,
想象对楼的灯火透过他的肌肤,
一些盈白的反光。

没有意外,另一边被子掀开时,
依然带起寒意。
还有残酒和洗漱后的清凉。

仍像一个陌生的闯入者。
她默不作声,
转了个身,像压制着什么。

然后是一床的静寂和
滞留于静寂里的两棵
幽暗植物。

子不语

一只土豆，捂不住暗长的嫩芽。
一棵老树，护不住抽条的旁枝。
一块石头，失了棱角，
徒留危险的堕崖之姿。
一只雀鸟，在巨大的气流和嘈杂里，
误以为自己又一次失声。

这些都是实质化的危险，
更多的虚拟会在哪儿？
是否藏匿于幢幢被编号的房子，
被同样的夜色反复地扣响？
而成群的蘑菇成为蹲守墙角的邻人，
它们是否会是那片残漏的星光，
在夜空里亮出些许的善意和温暖，
补上这个春天欠缺的部首或偏旁？

在 海 边

那个长久凝望大海的人，
轻易将内心的起伏与浪涛混为一谈。

那个越过我望向岁月深处的人，
他的荡漾也与我无关。

谁能说清海风为何狂吹，
让反转的阳伞更像一个投诚者？

让大海的汹涌有着无边的荒凉，
让我纠结，并且痛悔。

一定有过什么，这些人或这些我。
此刻我回首往事，往事不见了。

逃　遁

一场雨逃遁于午后的燥热，
逃遁于湿润云朵里抽离的黑暗翅膀。
春天刚刚还藏身于一朵花苞，
转眼就被一缕风轻易拐跑。

年过半百的人，听了太多旧日声响，
那是陈年往事里一个人的伤感。
她爱上的那个书生面目已改，
他相许的这个世界，也物是人非。

把持不住的时辰，会有更多的逃遁，
会有新的混乱，消解眼前的圆满。
好在还有心，夜半无人时留一地私语，
好在还有命，能够正经相见。

那人仍凭虚而立且用情太深，

那人呼唤了一次、两次甚至三次。
她不为人知的固执、胆怯和挣扎,
让旧日的赴火之人,难动声色。

阳　春

我仍站在这里，阳光仍如此充裕。
如果你此时也在此地，定能看见，
我仍然闪亮的脸，不因年轻或期待。

你也能看见一个和煦的阳春，
看见岁月似乎静止，像停下来的风。
一本拿腔拿调的书，模拟着日常，
从头翻阅，许多的空洞像藏匿的雷暴。

如果抬头，我仍习惯地远望，
阳光也在那里浓郁着。
你仍然不在。身旁的红掌不语，
苏铁不语，女贞不语，
黄鹌菜也不语。

镜　中

卑微的人，你在镜里找到的卑微，
是你合身的衣服。

忧伤的人，你在镜里找到的忧伤，
是填满你肠胃的粮食。

善良的人，你在镜里找到的善良，
是你最大的伪装。

而最尖锐的伤害来自时间和自我。
你所有的卑微、忧伤和善良，
全是镜面上可疑的裂痕。

岁　月

"脚居然也细了。"她打着颤爬上阁楼，
这也算是她退居的一隅。
感觉厚重的被子又硬又冷，
像一次次被强迫的睡眠。

不远处，一眼看不清的少女，
站在枸骨旁，正为谁动或不动。
路灯水蛇般的光影和不断线的雨，
像轻浅的抒情，掩去了孤寂之夜的真面目。

终于活成了孤儿，终于学会了投降。
岁月终是无耻的，但也会让人害羞：
"只是我的心虚，要更早于松弛的青春。"

潘 天 寿

我的叙述,始于名叫冠庄的村庄。
它有质朴的心,淳厚的肺,坚硬的骨骼。
它有绕树三匝的刚山柔水。
一个慷慨的长者,从它的肺腑里掏出全部颜色,
铺就他血液和肌肉里原始的底色。

我的叙述,始于那座雷婆头峰,
始于它的突兀嶙峋,聪颖灵秀,
始于它的疏枝密影,碧波千仞。
在那里,他第一次望见了未来之路,
从此高山流水,家乡千里。

我的叙述,始于一个渐行渐远的身影。
这个终生的跋涉者,
背囊里装着山水绝句、性情文章,
一双脚用来丈量群峰。

走得如此之快，
像要赶着节气开满树的花结满树的果，
将俗世远远甩在后面。
走着走着路就深了天就宽了，
走着走着他就走到了云端。
尘埃向下落定，众人仰头看他，
看他张扬狂放中的清丽、率真，
看得十分骨气十分才学，
看一幅天地立轴，鬼斧神工。

然后，我要提到那些石头。
看得见的坚硬，看不见的陡峭，
一块，一块，又一块。
他几乎掏出了伟岸肉身里的全部钙质。
霜花一两朵，寒鸟三四只，
瘦诗七八行，说着深浅，

说着天地间的孤悬或隐喻。
这些石头横空出世,让酣畅之美无处逃逸。
这些石头搁在心里,他便有了扛鼎之力,
便一味霸悍,勇于不敢之敢。
这是艺术的骨头,美的脊梁。

他喜欢与石头说话,这一说就是一生。
他说了很多,有些我们听懂了,
那些方的更方的,锐利的更锐利的,
一个惜言如金的人,在石头上露出他的阳刚。
他喜欢与石头说话,这一说就说出了不朽。
他说了很多,有些我们一时听不懂,
听不懂还是想听,趴在石头上听,
隆隆声由远及近,天上人间听得分外肃穆。

然后,我要说到一只灵鹫,

雄踞于方岩之上。
或踱步,左一爪孤傲右一爪孤傲。
天空藏不住无边的蔚蓝和辽阔,
一飞冲天的翅膀藏不住渴望。
一只灵鹫,就要抓起一块生根的磐石,
直上云霄。眼下它仍在等待,
仍在蓄积更大的力量。
那一刻,群山寂默,
他让一只巨鸟的筋骨在渴望中疼痛,
这只灵鹫,同样也说出了他内心的敬畏,
内敛的豪情和凌云壮志。

也许,我还要从一朵花说到另一朵花。
从山花烂漫,清荷新放,菊气熏风,
说到一枝寂寞的劲梅,独傲霜雪。
这些高洁的花朵说出他的高洁,

这些干净的花朵，疏影浮动，
将污泥和浊水逼开三丈。
一只鸟在盘旋雀跃，许多只鸟在盘旋雀跃，
溅起惊讶的春光，一片两片。
这也是他的心花，他捧出来，
细致地移栽在纸墨上，
为我们说出隔世的孤独和芬芳。

现在，我要说到他的手指了。
不指点江山。江山千里万里的锦绣，
他用指力搬来一角，
只一角，就气象万千。
都说他的手指比别人灵巧，
这说法总显轻浅，抹杀了多少
长夜苦熬，百锤千炼。
都说指墨画大师，缘于他小时候

被收缴了画笔，美景空对，
画事总被误为"君子不齿之事"。
他满腹荆棘，但不辩白。
深入骨髓的，是热爱至死的疾病。
我更愿相信，他以指代笔，
只因笔之柔软无法绷直他的灵魂，
磨秃了千支万支，
最终，他拿自己的骨头作笔。

现在，我的叙述里还要提到一场战争，
一面破碎的镜子，照着失散的笑脸。
同胞在水深火热，艺术在流离失所，
多少新愁与旧伤，握不住一支离乱之笔。
没有所谓后方。
他如何扶正歪斜的画案，
如何画出愿望里的晴空和蓝天？

整整八年,悲愤是一块卡住喉咙的坚冰,
迁徙途中,学生在课堂上围着要他画山水,
他举起笔,叹口气又放下了:
"半壁江山都沦陷了,等抗战胜利了再画吧。"
一滴滚烫的泪来自心底的乌云,
一滴泪的热度来自信念。
——腥风血雨总会过去。

现在,我的叙述里还要提到他命里的三个女人。
自由地爱,自由地结合和分离,
是长在他生命之树上的三颗果子,
是他一生的甜,一生的不安和愧疚。
三条河流,流出他生命里的华章,
三场戏,多少悲情多少精彩,
他用一生的真诚出场,
她们用全部的生命演绎。

一个在家乡望断秋水，一个为爱终身凄苦，
一个几十年同甘共苦。
时间翻过去流水的册页，
翻过他的青葱，他的老年，
翻过为柔弱身子挡风遮雨的高大身躯，
翻过他一世的坚守，暗中的无奈和唏嘘。

就像他较真了一辈子的国画艺术，
他天分独厚，英年得志。
"行不由径！"多少类似的诘问，
不改他执着于艺术之真，执着于永恒之道。
——"天惊地怪见落笔"，
他大笔淋漓，别开生面，
谨记着"画当出己意"。
他又不断地为自己设置雷霆，
一个自我博弈之人，在渴求完胜。

画不惊人死不休，每一张都必须是精彩。
便画了撕撕了画，
有时撕得多了撕得重了，
落在纸上的花鸟虫草，
隐隐传出肝脏和骨架细细的碎裂声，
心血红黄黑白地洇湿了指尖。
他每天都要画完一刀纸，
这些纸，只用来承载和渲染他的不羁，
——"师其意不泥其迹"，
传统和外来文化，
像两只慧眼左右盯视他，
他独立其中，为自己辟开一条大师之路。

多少声誉，也视作身前身后土，
多少年的践行践言，
他著书立说，桃李天下，

却始终放低自己,只愿是一个平凡的画者。
——"做人要如履薄冰。"
一个敦厚的师长,一个朴实讷言的人,
众人眼里一座巍峨的高峰,
却常三思己过,心怀愧意:
"对国家、父母、兄弟是嫌不够所想,
于心殊感不安。"他甚至认为自己:
"因为欢喜弄弄国画,
知其一不知其二,知其表不知其里。"

木秀于林,风必摧之。
不愿变通的铁,宁折不弯的钢,
如何能躲在画里,撑起一片素静?
人情世故的薄冰,他可以从容勘破,
颠倒的天地,莫须有的罪名,
却让坦荡之心找不到藏躲的缝隙。

"莫嫌笼絷狭,心如天地宽。
是非在罗织,自古有沉冤。"
雷婆头峰从不弯腰,倔强的石头不说软话。
我依稀看到,故乡的清晨里,
一个赢弱的老人跪在风雪之中,
天空低垂,仿佛在安抚一对折伤的翅膀。
我依稀看到,斯文扫地的日子,
他用倔强和被摧残的身心
画着世间最寒冷的一幅图画。

那些日子没有太阳,他就是太阳,
被无知和野蛮之箭射落。
那些夜晚没有月亮,他就是月亮,
他落形的身体,再也扛不住内心的光辉。
他在陨落,巨大的陨落声很少有人听见。
一个世界在装聋作哑。

一块大色掉了,天光陡暗,
苦难在辗转反侧,伤痛在辗转反侧。

他只想静下来。
静,或者长久地睡去。
他抱怨一时还静不下来的身体,
他的双脚不停地抽搐着。
它们走得够远的了,
它们是否还想走得更远?
它们已不听使唤了,这心外之体啊——
"我想叫它不要动,不成功……"
"我想叫它不要抖,不成功……"

没有医生的看护,或许他真的不需要了。
没有更多的人来送别。
只有亲人,放不开他的手,

这与一个世界的寒冷相连的手啊。
只有拳拳老友毫无顾忌地悲伤，
摸着他的全身，摸着他的颤抖，
想摸平它，好让他不再痛。
病房里真安静，像自制砚台里，
他亲手研磨的新墨，倾入时间之水，
它在漾开去，漾开去，漾开去……
直到今天，我还能听到
刺穿心肺的钢针的落地之声……

第二辑

遇见

缘　起

那位大师在视频里讲缘起性灭：
曾经没有你，未来没有你。

"一个云朵附身化水，
它要与一颗顽石共渡情劫。"

那就好。阳光与阴影同时飞翔，
她与他，也互为当下。

"在下一个洪峰到来之前，
它们在悬崖下相拥，在深潭里安家。"

大师说，缘分来了你们同在，
缘分了了，就彼此不在。

"在伤感中终于远行的流水，

再次返回时,已过了三生三世。"

他们还来得及走完一场盛宴。
向眼前的酒杯,向日常的充盈。

"它还是那个云朵,它还是那颗顽石。
它们苦苦寻找,却对面不识。"

那又如何?怀想里他们将充满感恩,
虔心于曾经所有的在和在的过程。

遇　见

那一天是哪一天，是否有个你在行道树旁
等候，或只向苍茫而立？
头顶是法国梧桐飞舞的落叶淡黄。

写字楼的人走空了，扫街的人也不见了。
边上红茶馆落锁的声响，惊动了浪荡的猫。
你还站在那里，圆周率一样没完没了。

或者你就是我要忘掉的某个人，
就像遇见为了告别，拥有只为失去。
或者没有你，只有一棵人形的树——

让世界看上去仍是理性的。
或者你是许多个你，像许多个等候在
接龙，许多个期待让夜晚柔软。

又或者你是过去的某个我或干脆就是我,
人间只是一个镜面,一整天我都被自己望见。
我这就牵你回家。我这就牵我回家。

不靠谱的记忆总是迷雾重重。
那一天我的家在哪?我是否还一再相询:
你是谁?你究竟又是我的谁?

误　入

误入花丛的蜜蜂可以开启多条甜蜜的路径。
这句子里若有几个词将成为隐喻，
又会如何？

比如蜜蜂，甜蜜，与路径。
她是蜜蜂，他是路径，
或她与他互为蜜蜂和路径。

甜蜜让人一头扎入，愿意赴险。
或者甜蜜捆绑了俩人，像蝴蝶结的
两端，一头是甜一头是蜜。

但他们肯定不安于隐喻，肯定比一只蜜蜂
做得过分。夜晚的密道与神秘花园，
更像是头脑风暴里的臆想之地。

还可以角色互换，为爱不争，
他是她的蜜蜂她是他的路径或者相反，
一个叫甜的总会牵着蜜共赴甜蜜。

星　恋

因为什么两颗并行的星开始靠拢？
一颗星爱上了另一颗，或许另一颗
更爱一些。它们需要相见。

想象一下，浩瀚星图里，
两个微粒的相向运动，这异端的美景。
一颗星登临另一颗，江山互映。

但一颗星仍有些羞愧：
"也许，我携带了更多的暗物质和
暗能量，挥之不去的尘埃。"

另一颗让河海敞怀，用轻的更轻的缠绕
迎合："给我你的核，你的引力，
我还你纯洁的宇宙之火。"

银杏黄

如果能够设计,一定要在深秋,
一定要去银杏树下,一定有个
黄皮肤的男子,必须从春天等到银杏黄。

然后是相遇。台词是现成的:
"是你吗?真的是你吗?"
"你终于来了。一切还没有太晚。"

然后是几个特写:负距离的对视和
红衣裳红脸庞。怼天怼地的黄。
再拉个远景:一棵银杏,一长溜银杏。

它们都黄着。黄金的黄。黄帝的黄。
黄酒的黄。枯黄的黄。黄连的黄。
嫩芽的勃发之黄,落叶的凋残之黄。

它们点着了深秋的灯。深秋亮了。
深秋要不要这样好看,就像一场相遇?
深秋加爱情要不要这样好看?

然后再设计重逢,反复的重逢。
用硫黄的黄,黄昏的黄,抵死缠绵的黄。
没有迷糊,猜疑,哭泣,抑郁。

银杏树不会弯腰给她拥抱,他会。
银杏树太高太硬了,他正合适。
一切刚刚好,她与银杏黄与黄皮肤的男子。

那一晚或电影

想着他的睡他的醒,想着他
皱眉或开颜,停留或回望,
想着她无厘头的低询和他认真的应答。

想着他温柔的呼吸在她唇齿颈弯发间的
滞留。想着各个钟点里各式各样的他。
想着亲密无间时原始的快乐和疼痛。

又想着他在别处吃饭喝水与人把盏甚至
约会,想着一切与他关联的事物。
这些想都很美,都是那个夜晚的延续——

他莹白的身子在明朗起来的曙色里,
光影一样流转并回闪,下一刻也会消散。
还有交织的绚烂,一朵火与另一朵火。

这是命运给她的专递或最后的善意。
这是欢喜，如此极致。最好的蜜意
最好的他，相聚的短暂不算什么。

这又像是一场仪式，从此她安心步入晚年，
专注于一个夜晚的真实与虚幻，
专注于他。直到他走得足够久，

让爱恋足够陈年，也足够怀想，
各式各样的想，各式各样的离开。
他一次次挥手，每一次都是永别。

注　定

她用命写了一首诗。用所有的颜色
压了春天的险韵。他读不到
或者无法用命解读。

她用命喝一杯酒。酒里的流水与月光
零落又伤感。还有一两句酒话，
他听到了，却不在现场。

她用命完成了一场爱。痛和缠绵，
让世上所有的藤蔓都显得虚假。
一次注定的虚妄之旅。

也许还有不甘，这让她的愿望更像是
赴死之念。并且与尘世的情爱对立。
好在她终于没命了。终于没命了……

荒　凉

她注定是荒凉的，
内心的戏剧无人参与。

但仍可以上演，比如这样的对白：
"你真是好有味。"
"像那些止不住倾倒的酒液？"

仍可以有这样的回放：
事后，她同样点燃烟支，
让灰烬窝在他的掌心。

仍可以有这样的相逢：
无意中路过一条陌生的长廊，
看见他正垂头点烟，神情索然。

仍可以有这样的收场：

他一次次在背后拥吻,匆忙而慌乱,然后是告别。再也不见。

唢呐的秘密花园

她真的见到了那些孩子旅行在树林上，
见到石头在天空中跳舞，
见到他们追赶着魔法，
一次次欢快地穿过门廊。

他也在其中。也在离开。
加入另一场游戏里。

只留下她，在静寂的浓荫下。
抱紧自己陈年的容颜和更陈年的心意。
羞愧着。

她的羞愧更像是一种爱的歉意，
盘旋于虚空，
在单曲循环里，无法返回人间。

仿若尘埃

"为何久久地盯着虚空?"
"那里有翅膀。落叶一样飞着。"

"为何又久久地看着流水?"
"我在等着时间过去。"

"还是如此感性!"他更想说稚嫩。
有些嫌弃,有些哀其不幸。

她想的是,她仍能在天地之间自在俯仰,
看到一些东西凭空出现也凭空消失。

她仍愿继续成为它们的落点,
哪怕火花四溅,绚烂瞬即归于平淡。

方　程

现实又一次对她摆开一个最初的
方程。二元一次或二元二次。
她是 X，谁是那个 Y？

她用怀旧代入 A，用爱代入 B，用时间
代入 C。这些字母的加入让方程变成了
三元一次、三元二次和三次。

她还代入了即将冻结的身体，
代入掩饰和小无耻，珍藏的孤寂背影。
代入文字，简洁的或是冗长的。

甚至代入了站在高处的神灵，
抛弃已久的虚荣，还有
逆风，淫雨，崭新的乌云。

是否还可代入空间距离与内心荒芜?
关键与诀窍会不会就隐藏其中?
一团乱麻。"现实终因无解而混乱。"

南方细雨中的高铁站

南方细雨中的高铁站,巨大的门厅隔开
水雾迷蒙和一张张模糊的脸庞。
她在其中,望见他又一次挥手。

其实她从不曾离开,她就在他身上,
随手一翻,哪哪都是她,哪哪她都在,
许多的她,在爱意缠绕过的任何地方。

这都是他费神置放的,也算有备无患。
每一次旅行就是一次出走。他反复地来去。
现在,他不再是独自一人。

她留给他许多个她,每一个都是满月的酒杯,
让身心满溢。时间的橡皮擦会消隐它们,
又很快给它们新的充盈。

他至今对她一无所知，爱真的可以如此简单：
天下只有一个男人是他，
天下只有一个女人是她。

剩下没有性别的旅人。他在其中路过，
哪哪都是路过。偶尔向一位自带折叠小凳的
旅客致敬，向角落里的惬意致敬。

有一天，他将脱下尘世的衣裳，飞向她。
其实不是飞向她，是带走许多的她。
一次真正的离开。这一天会很快。

飞过漫天空荡，飞过迷蒙。是否也要带一张
折叠小凳？在晚霞撑起的歇脚彩帐里，
他一个人的天堂之旅已慢慢开启。

迷　信

在一杯酒里回到过去是艰难的,
一场翻山越岭的清醒跋涉。

在一堆文字里处理自己的人,
耽误了多少山水真实。

久没联系的人,不需要想念,
或许就在对面,说着东南或西北。

幸好还有一个你,始终存在,
春华秋实里的深层真理。

幸好,我终是那个暗中感动你的人。
不为爱,是始终相信。

而我回头,你总会在身后,
不为接纳,你终是那个为我收场的人。

题旧照

当时是哪只手按下的一记快门？
你的青涩，你茂密的黑发与对岸
芦苇的白茫和一水的昏黄，
构成过去时空的某一瞬间。

能还原的还有你稍稍的侧身，
你抿紧的薄唇，你年轻的瘦削，
你泥黄的衬衫，你透过黑框眼镜，
稍稍带些讶异的神情。

——仿佛见到了眼下的你，
你们重逢，同时远望和回溯。
仿佛猜测着另有一个她，
被多年后的你努力遣返着。

穿过世事变幻，回到那一瞬间。

回到那里的一叶或一花,
回到单纯的孤寂,与你从头相认,
弥补她若干年的缺席。

人间值得

说人间值得的人离开了人间，
带走了一大堆还没说出的理由。
"等一等，至少你得说服我。"

她没说全世界上什么事最开心，
或许说全了，我没有明白。
"别走，许我的洋娃娃，你还欠着呢。"

他还没将澎湃的激情写到高潮。
她还没将星星织满他的坎肩。
他还没将他的高音飙到极限。

我垂下头，想起还有一个你。
还有你许我的日常，拥抱和柔情。
却惊恐地发现，你也遍寻不见。

他们来过又走了,而你始终不在?
我以为"我们几乎拥有了一切"。
谁告诉我,我揪住的也只是人间虚幻?

失　意

她从年轻的时候跑过来，
路过你，她停留过。

她在寻常的路径里跑着，
路过你，她停留过。

有时候跑得像一场干旱，
看到你，她都无法哭泣。

有时候跑得像狂风暴雨，
你会诧异她莫名的躁动。

也会跑得九死一生，
那时，她想抱着你哭，
像抱一小捆金黄的稻束。

她总在跑着,有些可爱的盲目。
她总在路过你,总会停留。
但你却永在那些失意中,
那些天涯海角的,那些山高水远的。

散乱的月亮

此刻，月亮会待在许多地方。
等候的柳梢，张望的屋檐，
一只不安分的酒杯，
甚至在他的指尖和横生妙趣的舌端。
此刻，天桥下也卡着一个月亮，
向落寞的行人倾泻万丈诗意。
那人的眼睛很亮，
斯文的外表，笼着一层酒精的虚幻。
"你太聪明了。""只是有点黑哦。"
那人在暗示什么？凭借什么？
审视里隐匿着一把食物链顶端的钥匙。
也许夜晚因为月亮可以稍稍沉沦，
但沧桑外泄，内心的惊觉让蠢动后撤，
侧漏的月光将更多的幽暗逼入狭隘之处。

火　焰

"我的欲望是饱满的，又是
自足的，像带薪的火焰。"
她的表述里暗藏一个陷阱。

他的唇线很美。这个小妇人怀着
妇人心性，轻浅的触摸，
尽量带一份置身事外的轻松。

薪尽火传，用身体擦亮的，
终要惹上灵魂。会有多少年呢？

一朵火焰眼看着小下去，
更多的火焰来势汹涌。
此刻它们全是被驱赶的天外羊群。

"未来仍是诡谲的。保留我吧。"

一堵背影,也是一道墙,
在回望里开着各式小窗。

能够怀想的,是时光堆砌的柴火,
无法追述的,是死寂与灰烬。

牵 手

昨夜的风雨驱赶着一潮潮落叶，
今朝的梅花还是闹上了枝头。

也许身后的路已模糊了镜头，
眼前的景色仍在渐渐明朗。

此刻，展开的画面太过温馨，
仿佛被颂扬的爱正翻越时间之障。

此刻，有一份浓情呼之欲出，
我内心的焦灼因此放慢了脚步。

意气不随处风发，
豪情不随意万丈。

剩下的事情，

就是牢牢地牵住一只手。

剩下的事情,
就是同看一片片风景。

相看两不厌的会是相守的岁月,
相看两不厌的还有悠远的天空。

泽　国

是哪一年，看多了金庸，
他们相约江湖，她是他的蓉儿，
一辆旧吉普乱走，也算信马由缰。

小饭馆一杯黄酒暖心，
木格窗半弯残月清浅，
秋日正好，适宜看江山红遍。

他最喜夜色浓郁，灯光太美，
晃一脸朝气一脸沉醉。
她最喜夜街清冷，有爱情任性出没。

行到泽国，无路可走车。
"不能留这吗？"但谁也不说。
一片意念的大水漫过胸口。

多少年过去了,这片陈年的大水,
仍耸立如山,仍持有
强劲的瓦解力和无法翻越的陡峭。

疆　域

这是她一个人的疆域，
一个人的山水地理。

独独对你敞开。

似乎还不够。这起伏的界面，
必须一张张拉开，从立体向平面
铺展。拆散的书页不再装订。

过程会有点长。有点曲折。
你进入时，得有耐心。

也会有不少转折。
风雨埋了伏笔，季节埋了伏笔，
其中有深意。若已模糊，
你也不用辨认。

那些破损,划痕,
那些阻滞甚至崩塌,
全是一个人的混乱。
你无须理会,要记得安抚。

还有她任性的流水。
虚饰的云彩,天真的设防,
情绪里的无端阴晴,
也请你容忍。

她如何说,她如何说,
这些都是你出现前的前奏,
就像一个人生,只为死。

这表述里的无耻,也请原谅。
她不是最初的她,你肯定是

最终的你。那个命定的人。

与她赏雪,听琴,对面围炉。
在两个人的疆域,两个人的山水地理。

冬　至

这新鲜滴露的百合一定是他带来的。
在玉石墓碑前久久枯坐的他，
一定会说点什么。

他真的开始说了，
低低的。
她能听见吗？或许故意不听。

我路过时，他似乎在说：
"我就是有骨气。"
"不理就不理！"

他的孤寂里突然生出两行泪，
两条最细小的溪流，
被一道随意斜进来的横风，
吹得零落。

随后他摸出一颗烟,
凭空递去。

"我后悔了。"
他说:"你出来吧!
我不赌气了,我想再见见你。"

过

像一篇逐字读过的文章,
当初的惊艳仍在,感动仍在,
他与她已互为白驹过隙。

曾爱她的任性,过头的豪迈。
曾爱他过人的缱绻,包容,
也许还有些过多的体谅。

"我爱过你。"现在,中间的过,
横,竖钩,点,点,横折折撇,捺,
是过失,是过错,是过分。

一场经过,就是路过一个花园,
他们同时停下来,张望,犹豫,
这是必须的过门,同走一条长长的过廊。

同时起步的俩人,很快,
一个跑过头了,一个仍在原地,
出线的总是那个跑得过快的人。

认真的爱,就是过家家,
其中的童贞让人迷恋。回头亲吻
不在,谁还在过问谁的无语凝噎。

一场罪过。这是有心之过。
寒风招摇过市,寒冰藏于过往。
她在暗处疗伤,他是否也会忏悔或赎罪。

一场过去的爱,初起时美在得过且过。
现在,亲过抱过的身子,全是遗产。
也有遗言:爱过不如错过。

微　茫

他们曾挨得如此近。
只要回头,我会再次看到
他们脱下的肉身在暗中并列,
亲热又疏离。

仿佛两块摩擦生火的冰,
或者两团火,在制造灰烬。

仿佛仍能相互消磨,
在时光那只笨重的磨盘里。

仿佛谁也不曾抽身离去。
或者反复出现,在邂逅之前。
那样多好,他们仍来得及
相互回避或视而不见。

任　　性

她的任性只在想象里，
那里清风是你，明月是你，
缺失的风景也是你。

为什么还能呈现真实的颜色？
仿佛回到不一样的庭园，
开一朵花，结一个果。

为什么还能飞，不停地起落，
禁锢于一个狭隘又顽固的
早被预设的内心边界？

更多时候，她的任性还是一块斑驳的
圆石，被日常的油盐反复煎煮，
而你，一直远在远远的人间。

全　程

她的多情不被允许。
她等待的祝福，也永不会来到。
只有被篡改的记忆，一封无处投递的信。

令人心疼的女子，
一次次轻易地交出自己。
她有重复的煎熬，疼痛，
她有重复的绝望。

我从头目睹她孑然一身又
命系一线，这次是一场逃不掉的疾病。
但又会有什么不同？

只有蜷缩着的孤寂。
"没法回头了。"
她说："这是最后的重复。"

算　法

她在摆弄一份情感的算法。

起初她只发现了它的缺陷。
那些随机输入，小仗义小关心，
这许多的小感动，
是同一棵大树上的小枝权。

几次相拥，几分落日的伤感，
轻易就跑偏了怀抱。
几杯酒又轻易夸张了它。

月光落在枝头上，夜半无人，
千丝万缕的直觉，私语和床戏，
转为现实的形式和世俗的无意义。

肢体的虚缠更让数据失真，
未来变得无法管控。

没有离谱，只有更离谱。

若有似无的爱，自动生出锋刃和空间的
复杂度，生出隔岸的雨雪。
无边落木萧萧下，不尽的江水
在丢失，在他处结冰。

多出来的负面，是风景的逃逸，
是抱怨和猜忌，是疏远和分裂。
一颗心跑得更快，比温暖快，
快过一则灰暗的笑话，快过悔不当初。

"幸好只是一次推演。"
"幸好只是一个算法里的终态。"
她停止加减乘除，在象征的大树上，
找到时间端点里又一个厌弃的死结。

第三辑

苍茫

星空下的紫云英

比起满天星云,
我更愿看它们在河里的倒影,
看它们自在地荡漾着,
带着坠入凡间的圣物应有的变数。

我也愿看挨着河道铺展的大片紫云英,
那些花朵也自在地摇曳,
并在暗中发出柔光。

作为一名闲适的消食者,
我会将满天星云与繁花做某种对应,
会将自己放进去,
左一点,再左一点的,
小的安静的,
仅此一颗的卑微之心。

樱　花

从 22 楼望下去，
那些樱花像被春天私藏的星云回旋。

从 14 楼望下去，
它们依然是轻盈的旖旎的，
像是要去抚摸天空。

后来，我在 5 楼观望，
那些花朵一层层浓密着，
更多了一点集体的蓬勃向上的力量。

如果我置身其中，
想象中，那些花朵也许会簇拥我。
阳光躲在枝叶间，像美服里妥帖的针线。

在许多年，不同的樱花季，

我于同一幢办公大楼的不同位置，
看同一片樱花。
我没有良多感慨，
也绝不是熟视无睹的那一个。

江南路上的香樟树

江南路上的那棵香樟树旁,
始终有人站着。

似乎是同一个人,
独自消磨着久远的大段时光,
身上有枝叶的恣意和暗香。

至少也是相类似的,
像为了什么事而接力,
那些有关意义的游戏?

一个人路过他们,
许多人路过他们,
只有我看到了那份笔直的耐心,
像一截枯木挣扎着绿意。

只有我想与他并肩而立，
伪装成滞留在人间的
一个年老的天使。

苍茫的白桦林

那些在连绵的白桦林里孤悬的鸟窝,
那些反复划过薄冰的长尾雀,
那些竖着衣领匆忙的行走者,
那一刻,全被苍茫眷顾。

它们围困我,像所有离开的人,
每一个,都给我一份类似的苍茫。

这其中一定有这样的事实:
所有的苍茫,缘我而来,
只为我展开另一种辽阔。

在那里,我是苍茫的自由喉舌,
发着遗世独立的萧瑟之声。
在那里,我可以蜷缩也可以奔跑,
可以是火焰也可以是灰烬。

月季花上殷红的残雪

尘世间的每一次回顾，离终点都会近上一分。
"老年的修行就是灵魂的双向奔走？"
此刻，她又一次看到那个被惩罚的女孩，
看到她长时间躲在一个雪人后面，
半上午或是半下午。
她想躲避的难道是贫穷和羞辱，
还有被一个世界嫌弃的悲伤？
远处，低矮屋檐下密集的冰凌，
寒光闪烁，它们也在淌水，
她的心疼也湿漉漉的，
并跟着女孩又滴滴答答跑远了。
此刻，她又一次看到那个小小的
裹着粗实棉袄的笨重身影，
在时间深处跑得歪斜和跟跄，
看到她跑向一个残败的花园，
碰落几枝月季花上殷红的残雪。

浪漫海岸高大的椰子树

浪漫海岸高大的椰子树风吹不动，
礁石上的寂静和咸涩风吹不动。
风吹动的是显而易见的飘摇事物，
那些海浪、帆船或浅淡的白云。

风还吹动了一些另外的景致。
阳光在海面上的轻闪，
木栈道上情人们细若碎浪的呢喃，
还有观景的人眼里的恍惚。

风也吹动了一个老人的稀乱白发，
和他身旁女子举止间的疏离，
他的脚趾不时抓放着缕缕细沙。
此刻，风吹得像一个无心的离间者。

寒　芒

那些不被注目的低海拔撂荒地，
也有四季之景。
现在是积雪之上的苍茫。

我看到的恰好是荒凉之上的荒凉，
在叠加或恣意招摇。
看到大片大片的寒芒，
在那个老人故意收敛的落寞里的
勃勃生机。

红掌或佛焰烛

无聊的交谈在众人与盆花之间持续。
只有他言辞恳切,
只有他怀上了这盆花。

它的名字叫红掌或佛焰烛,
过度渲染的油绿酱红,
冲天雄起的花蕊,
像参悟的手指指向虚空和人心。

他怀上了一盆花,此刻他叫
剖腹或掏心。并且藏起了
掌心里的孤傲之烟。
看定你,用重叠于焰火之眼。

四明山红枫

现在我要写到红枫了。

像一个不加掩饰的女人,
她的浪漫引领你深入,
这是古典的深入秋天的过程。

欢乐如此之近,一杯醇酒,
几个跨步,就跌入浓情快意里。

"还想等什么呢?"
那个有着干净笑容的人,
已经幸福地迷失了。

山道弯弯,秋天的至美在这里
慢慢地打开。她宁静的灿烂惊醒了
一只香猫,两头聋猪,
三只食猴鹰和四五只野鸭。

五节芒

杭州湾湿地那大片的五节芒,
带着秋冬的肃杀之气。

如果没有足够的苍凉并为之战栗,
我不会长久地爱抚它们。
不会将被它们割伤的风的皮肤,
移植在内心,让一种痛抱抱另一种。

油菜花

这些执着而奢靡的花像要一直开到天边。

春天的挥霍也能如此美好,
怀着伤痛的人仍小片小片地
看过来,仍在一朵一朵地欢喜。
并久久盘桓,像沉浸于一个
因爱而辽阔的巨大眠床。

他试图再次融入,而在这之前,
他将脸深埋于令人晕眩的气息里,
他的身子因无法自拔而幸福地战栗。

白玉兰

将一树繁花看得内心旖旎的人,
已走了。
将一树繁花看得内心惆怅的人,
也走了。

一定还会有一些别样的情绪,
被藏匿了。
比如被那些硕大的花苞,
拽紧并最终松开的缕缕春光。

比如它激烈的绚烂和凋落背后的,
那份决绝。

紫荆树下

这是宽大的眠床,失眠的台灯,
这是无力的腿脚和楼梯上的气喘,
这是满园春色的无视和排挤。

这是一杯酒里轻易的醉态,
一次次聚会里的逃避。

还有我的暗疾,居心叵测的药。
还有失忆、乏力、哀伤。
此刻,它们全是我的亲人。

我更加衰弱的老母亲坐在一棵多年的
紫荆树下。紫荆花开艳如新孕,
她眼里的怜惜是我同时认下的明天。

海棠姑娘

旧歌里一角碎花衣裳，
是否又一次惹伤了那感性之人？

那就允许他有那么一会儿茫然，
允许他沉浸。
看阳光撕开一场浓雾，
一张特别的容颜年轻着。

不管下一刻，
春风仍在他怀里叫嚣，
雕刀仍向花蕊深处纠缠。
记忆的鞋磨破了，
再追不上一棵旧日的海棠。

杜鹃花开

她拿着抹布擦窗时,
听到了一记模糊的痛呼。

有什么不为她知的伤害发生了。
谁?在哪?为啥?

庭院里的春天仍是温和的。
只有慢慢加深的绿意,
慢慢丰富的色彩和馨香
在弥漫。

只有那丛杜鹃热烈了些,
仿佛有些不自在,
像置身于一群不相干的事物之中。

只有一个慢慢行走的人,

午后的暖阳落在他染黑的浓发和
孤立的身影上，
像洁净的玻璃上突然出现的划痕。

山茶花开

抱着自己臂膀的女子，
穿过暗沉的大街。
孤寒的背影闪着寂静的光亮。

穿插在行道边的山茶树，
也寂静着，应和着一缕晚风。
湿润的花碗于低矮处，
装几许春意悄然。

像一两点莫名情绪里的高亢，
神游于天边的人突然垂头，
此刻，他是否也被内心的一份奢靡压迫？

天就要黑了，
那个无枝无叶漫不经心的人
是我，是你眼里的又一场无声电影。

浓雾里的杉树林

秋色斑斓最适于重逢,
适于在昏暗的小酒馆,
看夜晚像醒来的鱼,
在玻璃杯里泛着感性的酒沫。
适于相对无语吸几颗烟,
在飘散的烟雾里感知空气的流动。
多年的疏离在第几颗里能看见松动?
他随意说起来路上穿越的那片杉树林,
浓雾中每一棵都那么神情魅惑。
他挥了挥手,似乎在驱离未知的缠绕。
想象着那些强大到虚无的浓雾,
她抬头,看到他镜片后的双眼迷蒙,
似乎仍深陷于那片浓雾。
而她飘摇若叶,正独自泅渡夜晚的那片死水。

李白墓园里的八角金盘

那人清亮的嗓音里没有尘土，
那人在领诵他的诗篇。
多好，一次集体的纯净怀念。

怀念他仗剑仕途或天涯，
恣意笔墨里文字的激情或暴动。
怀念他的孤舟和月亮。

至今它们仍搁浅于滩涂和半空，
而他银鞍白马，一生只抓住了
自我手掌上纵横的诗篇。

那是他独有的浪漫。
我摸到了它们，并且相信，
像相信那些未知事物的命运。

垂首鞠躬后，我注意到了那棵
名八角金盘又名手树的植物，
每一叶都有八只敞亮的可爱绿指。

如此这般地守护一位天生的吟咏者，
如此这般地陪人怀念着。
此刻，纯净的怀念也有八个浪漫的指向。

三色堇

温情的方式之前全用旧了。
比如一杯茶暖手,
一盅酒上头,
几曲歌,唱弯海上明月。

回想时也有另类的送别。
机场入口处的三色堇,
一朵温和一朵狰狞,
一点清冷掰开来,
半点孤苦半点伶仃。

只有想象中的激烈。
比如此刻,
你是城里那个沦陷之人,
而我在三十六里城外,
用遍三十六计攻略。

哪怕点兵时人马疲惫粮草断绝，
鼓已破，剑锈蚀，
一张歪弓射三丈雄心颓废。

昙　花

"我会成为第一个被屎憋死的人？"
便秘又加重了，她满眼无奈。
狭长的公寓楼道里舒爽的穿堂风，
是自然法则里的安慰。

她的自言自语里有着太多的厌弃，
活着是一种重荷，
为此她喜欢所有的轻盈之物，
喜欢短暂的真理：
"昨天你是对的。"或者
"明天再作道理。"
"事实是我正在受难。"
这些因此成为她的表述。

"肉体终究是一只囚笼。"
她双手抱紧自己，而我抱紧了她。

我说你喜欢的昙花就要开了。
昙花就要开了,
那一刻,她的神情是安静的,
不喜不悲。

运河边这一丛芦苇

运河边这一丛芦苇
又白了。

无心的人不知道它白了。
有心的人不知道它为谁白了。
主观的人知道并看见了,
这个事实让他认同了那个客观的人。

那个闲得无聊的人,
看了一眼又一眼,
看见那上面的白,
飘落在许多疲于奔波的人头上。

我在运河边住得久了,
早年,我总忍不住折几根返青的柳枝,
从头回想一些被送走的人。

现在是这些白了的芦苇。

风总会适时地吹过来。
吹送千里的长风，
总会挟带着远近年代的桨声捣衣声，
小汽笛和小电瓶声。

这一丛白了的芦苇，
为我滤掉了多余的沧桑。

橘乡临海的一只橘子

"我是不慎落入世间的一只橘子!"
满山遍野的橘子,她选中这一只。
满世界里找他,只为剥开这一只。

也许只是掩饰,剥橘子的轻柔动作,
让她镇定,装作一次无心之旅。
但为何几次抓不牢橘子,
像是它突然长出了逃跑的腿脚?

这是一只内心有爱的橘子,
皮薄汁甜仍不自信仍会犯贱。
这是一只甘心情愿的橘子,
偏要喜欢一张嘴,
偏想在一副心肠里转成蜜。

他的门虚掩着,她的手在抖,

手里的橘子几次溜走。

一只伤感的裸露的橘子，

两只伤感的裸露的橘子。

一树繁花

一树繁花可以用丰腴轻视生死,
却无法看淡眼前之美。
瞧,一朵花总会擦碰到另一朵,
意料之中的哗然更像一种暴力。

太多的花,太多凋残的走向,
太多的肃杀之气,带着它们不管不顾的爱。
它们都在争风而风欺压着它们的身子,
像一匹过路的马带走蹄声。

如果有一朵花得到了上天的甘霖,
如果有一个枝杈撑住了真美或假善,
如果有一颗果实能走到秋天,
一树繁花,是否就能压住心底的乌云?

是否也能让她有所觉悟?

这个迎风落泪,站在高处就想纵身向下的人,
如何转过那个僻静的街角,
独自面对一树无法收拾的繁华或凋残?

芒　草

车行西南，同行的女中医眉眼静淑，
她也写长长短短诗句，
笔名芒草。

"就那些长长短短于道旁坡边
刚韧挺拔的芒草。"
"就那些青青黄黄
随青山绵延不休的芒草。"

其时，高原的天空窄若行廊，
长长短短的隧道，
将阳光和雨水切分成不同的明暗昏黄。

一味不起眼的主药：
"贼风入五脏，芒草解恍惚。"
"而我更喜欢它们贱贱的恣意。"

月季花瓣

她想象一场终极离别,
最好是日常的。比如门轻悄地打开,
他简单地挥手,或许再加一次回头。

没有误入歧途的激越,
没有极端天气里的电闪雷鸣。
那些深潜的,远遁的,
那些慢慢被瓦解的时间浮尘,
只用来长久地沉静。

仿佛下一刻他还要重返,夜宴再开,
眼里的迷离与杯中的酡红,
像揉碎于素静之手的那些月季花瓣。

残　菊

那张脸在眼前晃动着，
整个虚空映衬在背面。

在静坐的午后，
突然出现的影像，
仿佛藏着无尽的过往。

是谁，有怎样的名字？
隐约的笑容像风过水面，
又有更深的纠结潜于水底。

细碎的波纹在心里漾开时，
我看见了一朵残菊。

肯定，我肯定又遗忘了什么。
记忆是个好东西，藏得深了，
自己也无法找到。

杀死一只柚子

"亲,杀死这只柚子。"
递去的水果刀闪着锋刃。
这个黄脑袋静躺在茶案上,
一副你随意的认命样子。

我想象沿刀路撕开后,
那些白膜、籽实,
淡黄或红色的肉质和甜蜜。
想起我无意中用的恶词——

凡需动刀的,凡是圆的,
都可以说杀死。
杀死一只西瓜,杀死一只
椰子,杀死一只菠萝,
像杀猪宰羊。

为什么他的动作带出了某种
令我惊讶的戾气?

平淡温和的日子过久了,
我忘了真正的男人,
内心都藏着几股狠劲。

芦　花

在同一个湿地，不同的节气，
我们同看过大片的芦苇。

看紫色的芦花瞬间就白了，
被惊动的野鸭和水底的潜鱼，
带起白茫茫的芦絮和清凉的水声。

看逆光里的芦苇丛有了心火，
又在渐渐加深的昏黄里暗沉，
像一个事实露出端倪又被刻意藏匿。

看不同的白云高远，
兼顾这天地苍茫和不同的你我，
用不为人知的寂静。

而你不再漆黑的眼里仍有着早年的萧瑟
和令我揪心的绚烂。

第四辑

奔跑

承德围场的向日葵

我也有这样的金黄,你信不信?
我也想围绕一颗独一无二的太阳。

可以明目张胆,可以恣意奔放。
我也有这样的金黄,也许还不仅如此。

我没有藏匿,我的金黄就在脸上,
那是我内心的狂潮,在愚蠢地汹涌。

也曾努力地要将它们铺展到天边,
想有一天你能明白,但那一天消失已久。

你可以认为我也只是混迹于人群的一个俗物,
像野菊花退守一旁,像枸骨草匍匐在地。

甚至及不上一棵葵花或众多的葵花,

它们能守得云开见日，亮晃晃地摇曳。

我也有的，我也有这样的金黄。
我也想直白地对人表露，你信不信？

只是它们撑得太久也显得太老，
甚至无法静下来，平复一下我惶恐的小我。

东湖午后密不透风的静寂

东湖午后密不透风的静寂是一棵柳树揽影自照,
是六月里异常的闷热。

那人汗湿的老头衫贴着隆起的肚腩,
目悬三尺,像要参悟深水微澜。
此刻,他是这棵柳树的伴影。

也有一丝莫名的紧张,
也有一些烦躁,像压制的内心,
又像被静寂隔开的隐隐市声。

我眼前看到的一团浓绿,
也许还是多年前的那张旧影,
在第三者闯入之前,
静寂又像一张可爱的努力绷住的小脸。

在宁海温泉森林公园

她内心巨大的不安是一只蜷缩的绵羊,
这总让她的夜晚深陷绝望。
但为何又能于次日清晨,
在不同的场景醒成不同的人?

就像此刻,她跌入寂静之怀。
看水杉飞羽将大片大片的殷红洒落在
温泉旅馆外的简易屋顶和幽长的林荫小道,
看溪流迈过一坑又一坑的清冽。

一个寂静的入景者。
她内心的平和直接融入几声稀落的鸟鸣,
融入大半个森林的薄雾及由此牵动的
清浅呼吸。

青山湾

我又一次来看大海,大海仍蓝着,
仍恣意又泛滥,仍与天空各蓝各的。
这头顶的浩瀚和身边的辽阔。

我来了,仍能在海湾里看到它的
一望无际,仍能看见它怀抱星辰,
无数浪的小脚驮着细碎的星光。

仍在感叹,仍想同那些游人一样,
张开双臂大声吼叫,或赤足奔跑。
将落入海面的星光一把揽入怀里。

我也仍想风吹乱发,潮湿长裙,
在细沙上躺得毫无形象,或一跃入海,
去水天的分界处,找回些什么。

但我只是尽可能地安静。在不同的海湾，
我以为我也蓝着，也曾任性地恣意与泛滥，
虽没能融入和打扰，却让我远远地羞愧。

官鹅沟的一只蝴蝶

在这一对与这一双之间,
我遇见的肯定是多出来的那一只。

多事的那一只,患得患失的那一只。
询问,试探并犹豫着。
在碧绿的枝头,冥想去秋之事。

肯定也是不讨喜的那一只,
丢在这里,有点格格不入。
半透明的蝶翅上,驮着一些假想,
那些人前人后含糊的许诺。

它的起起落落因此有些歪斜,
既不像归来,又不像在离去。
尽管这里不缺乏适量的雨水,
适量的绿意,适量的湿润飞翔。

唉，多出来的落单的那一只，
唯一不能唤作爱情的那一只，
还带些年轻的失意，年老的固执。

窑湾古镇

京杭大运河在这里轻轻一拐,
整个窑湾便被揽入抒情的臂弯。

我喜欢这样的暧昧:流水宽大小径入微,
且停且走,都可以有一场沉浸。

我喜欢这样的相悖:泥沙逐流滚滚而来,
淬炼的砖,却是庇护日常的坚盔。

我也喜欢她每一次的聚散,
爱上她早年的夜市,今日的昏晨。

还有印象里她的庭院幽深腮红古典,
邮路漫长,走着世间靠谱的爱情。

这个入世的小女子,有着太多人间的香味。
在密集的街铺里随处埋首,都是她的粉颈。

通贵桥

染坊店的沉闷音响低回着朴树的《白桦林》，
恍惚间，桥阶上的我也是一个悲怆死等之人。

入眼却是人间的圆满："造桥以便往来，名曰通贵。"
朝夕过从的情谊，像榫卯对接的拱洞。

恣意的流水千转百回后，一定还有无数个
名唤阿贵的人，认通贵桥为自我的福桥。

若愿意，便能看到时间浓雾里他们模糊的面目，
看到二两三生醉里，独属于江南的滋润。

看到南来北往的日常中，他们的小富足和他们
善烧鲫鱼面的女人若深入街巷之运河的细腰。

北固山

他们那么努力地胡写,说是想象,
就像人物,只在演义里生动。

山并不高,有各朝各代的大仙路过,
水却一直开阔,随意就能打量历史。

无非一水间的争端和疑惑,
无非放不下的得失若潮水涨落。

当地的蔡主席口吐莲花,讲解里有张了然的脸。
所谓缘起缘灭,来了走了聚了散了。

只留着当下,白鹭翔鱼芳草萋萋,
在今天的运河生态里自在出没。

山塘街即景

墙面上那些地锦披挂下来,
如风吹散发,遮掩谁的一脸斑驳。

桂花酒、鸳鸯粥、新鲜出炉的米糕,
和着糯软的评弹,也是市井风流。

一只猫在木架上转动着双面绣脸,
不瞌睡,它眼里的陌生人正五颜六色。

走过去七里,走过来七里,
石桥多座或平或拱,转过门廊总是花厅。

只游船上的过客,嫌河流短促,
行云流水一刻,就招摇了千年。

龙王庙行宫

轮到我们登楼的时候,行宫里贵气已散。
门前的古树,不说话只允人拍照。

皇家声势也只剩红墙黛瓦,黄绿琉璃。
戏台上,龙王退场后上来的落日腰身浑圆。

从"河清""海晏"碑楼进出,仿若时光穿梭。
一童子昂首挺胸阔步,走出了殿前石狮的威猛。

游客三三两两,无马可下也不用低头,
御碑亭里读读御诗,顺便议议当时的朝政。

在皂河闸

那些被飞速排放的水,欢快地前行,
欢快得像在为某种既定的事业牺牲。

到了闸口它们稍停了一会儿,喘匀了,
又欢快地前行,往北往北 。

看上去呼呼啦啦的,像是跟着那几条
吨位特大的笨家伙走的。

看上去闸门就是一个障碍,
它们很轻松地又过了一道坎。

这些北漂的水,让我想起失联的同学,
她也如此地义无反顾,往北往北。

不同的是,没有一条预设的航道,

让她走得浩浩荡荡。

不同的是,她的步子有些踉跄,
脚下的盲和眼里的迷失都清晰可见。

个　园

侧坐于石凳的女子,双肩包立在脚边,
她低首而笑,此刻她是个园一景。

一样的淡雅,仿若叠石堆砌的四季,
荷花正盛,池馆清幽似有蝉声。

也算是故地重游,复道回廊万竹争翠,
美景恰好,我也老得恰好。

正适于纯粹观景,正适于拐角里独坐,
也一样的淡雅,在一眼两眼里出世入世。

比如看谁为谁眸光似水,谁陪谁从抱山楼
转向觅句廊,伞外有雨。

那个在水面不停比画个字的,一定孤单着,

这些字被流水挤来挤去，多少嫌弃。

那个北门入园的人，刚从古运河转来，
又感叹起园林兴衰，一脸的沧桑亮了。

拱宸桥

那个内心别扭的人,斜靠河栏,
他的悲伤不达眼底,他有一份汹涌需随流水纾解。

那个同行的人,表面的安静是一件素淡的外衣,
她仍被一份燥热左右着,她仍需弯下腰来面见流水。

我不是单纯的观景者,水道繁忙两岸繁华,
每一份热闹都会挤我一个趔趄。

但相比河水的舒缓,我更留恋她不断的分叉与交汇,
那里,经过的人似乎有了另一种未来。

相比哗哗的流淌,我也更爱两岸的市井,
拱桥上密集的行人,像水滴终归于流水无序。

漕运博物馆

被眼珠一样护着的粮食与盐，北调着南运着。
兴兴衰衰的朝代，在一条运河里高低起落。

太漫长了，在史书里来来回回，
也找不到它的起始和确切的终止。

但终究过去了。终究让我们坐下来，
说说漕运的事，在时间流水里摸到"漕运"这个词。

并慢慢地探究它的命运和独属于它的历史。
慢慢地探究与它关联的人或事件。

慢慢地怀想它的圆满。这时窗外的河水就
回溯了，带着旧日汹涌的水声。

西 津 渡

在称为遗址的地方,风大都吹得空旷,
像为那些曾被旧时明月精心照拂的,腾挪地方。

比如西津渡,空旷处一眼看千年,
历史只是下沉的流水,挣扎的是退守的渡口。

那个消闲的游客,还依稀看到原始栈道上,
一个梳着冲天小辫的姑娘,以为屦景。

那个淘古的人,迷醉在古街巷里,
他看到了更多时间深处的光影。

看到那些走失的人或事物,并想抓住更多
时间这部折叠旧书里那开线散佚的⋯⋯

谒惠山阿炳墓

一轮明月从惠山照过来,
照着他破旧的长褂、瘸腿的墨镜和满脸风尘。

一轮明月从惠山照过来,
照着他敲打的木板和二胡里的流水。

顺着流水,一轮明月栖落桥头,
照见流水里他幽暗的悲愤、凄凉和孤傲。

当时有没有一记惊呼?
当一轮明月又照见了他眼里的黑。

我能否迁怒于明月,当明月只是见证,
明晃晃地目睹赤子之心一寸一寸地黯淡……

在茅台镇品饮老酒

那天我们团团围坐着,
品一瓶多年前封存的老酒,
发现的居然是时间另类的秘密。

时间原来是有颜色的,它慢慢地积攒,
从当初一览众山的欢快清亮,
到多年后深沉的琥珀微黄。

时间原来是有纹理的,一只上好的蚕茧,
不停地被抽取着最柔和的丝线,
从那时的水缎,向眼下华丽的重绸。

时间原来是有味道的,越来越醇厚,
越来越像美人的泪挂于杯壁,
带着陈麦的鲜香,有着流逝的愉悦。

时间原来自有着个人的记忆，
类似于旧报缝里，
隐约传递的懵懂激越和欢喜。

参观茅台酒厂基酒车间

在这里我看到了一个比喻与一大群比喻:
看到了一个少女与一大群少女。
大缸子大坛子,像宽大的罩衣
藏起她们的小蛮腰,藏起她们
初乳的香,处子的香,人间食粮的香。
少女有毒,是纯洁之毒。
是洛丽塔,是芳汀,是月牙儿,
是生命不能承受之真情。
是自由的水,自由的韵律缔造的野性。
是藏在深闺人未识的半成品,
绣春花,抚闲琴,无病歌吟,
琵琶半抱,不谙世事。
是嫌弃——多少小性子,
多少梦里的飞翔,直露的审美和较真。
当我说出这一个比喻与一大群比喻,
我仿佛看到了她们随处出没的身影。

看到她们在时间的耐心面前败下阵来。

我是否也曾是她们中最寻常的一员?

晨起在茅台国际大酒店旗杆广场独步

真好,我并没有打扰到什么。
草地上几只雀鸟欢快地踩着赤水河
缓急有度的节拍。叶子花残剩的花朵
探出护栏,似要向水面再借点鲜红。
一坛坛的杜鹃花,用默不作声无视我。
远远的,依山而建的牌楼,
它们的壮观对应着我的渺小,
它们的静止对应着我缓慢的移动。
薄雾披下来时,空气中酒糟的浓香,
越发像暗巡的酒神宽大的呼吸。
真好,我闲散的步子不用追赶流水,
昨夜的微醺也已散去,眼前的人间一派祥和,
昨夜想起过的人,仍可以被我反复想起。

游　　园

寄畅园古朴的碑文前,
我曾是谁的游客拥挤?

唯一记住的浅淡温和,
似浮动的蜡梅暗香。

曲廊遮去了一部分景致,
留不住的背影也是一条幽径。

春意又浓的夜晚,我仍会想起,
仍能听到传说中类似于脚步的流水。

还有一声长叹,刻向虚无之处,
如无法参详也无人诵读的碑文。

而我仍是那个独自感性的人,
在一场游园里历劫,不归来。

在 神 木

记住了那一杯酒,
举起来,醉了三千里。

记住了那曲山歌,
被绵延的情谊差点绊住的脚步。

还记住了比三千里更长的
那场被煽动的内心背叛。

以及记载于旧物事里,
梦幻般不会再现的三棵松树。

在神木,我的记忆里,
还存有一点小小的心虚。

那是被质疑的情感和幸福。

谁还在为谁耽误终身？

还有他眼里假装的委屈，
若时光再现，她的透彻仍像是罪过。

盐官观潮

我大好河山永恒奔腾的部分,
它可圈点的壮丽,
只需要一副大爱的笔墨。

只需要一眼一眼地分解:
那些充满动感的点与线,
那些立体的,平面的,
弯曲着又被拉直的简单几何。

只需要耐心地加入那些鼓点:
看赶潮者迂回着,躲闪着,
一群高蹈的舞者,踩着危险的韵脚,
假装无视那些直立的行走着的刀芒。

然后加入这一份奔腾,
让内心也激越着并发出潮声。

或大声地指指点点,
像一位真正的观潮人。

重读《我爱这土地》兼怀艾青

这一片你用一首诗爱尽了的土地，
我自然也深爱着，还一再从你的诗句里
摸到这份爱的厚度和分量。
并且延伸到那些我至今仍未踏足的地方，
并且仍会奋力去爱，像许多人那样。
被爱着的土地是美好的。
被爱着的土地广袤而具象，
有时又可以是抽象的，
灵魂站在上面，也能行走或实化，
那时，它更像新生婴儿或柔弱的母亲。
被爱着的土地是丰饶的，
你的诗又给了它深沉内敛的表情，
给了它宽厚包容的脸庞。
在长江头，在运河边，
在大海无边的涛声里，
我走着走着，每每想起你的诗或你，

一些感慨像止不住的步子又像无处安放的伤痛，细雨不经意间就成了泪水。

五粮液

"寻常我只喝酱香的。"说话时你一脸傲娇,
有毛病的人越来越多,喝个酒也是!
但执着也是种专一或者坚定,也自成品格。
酒到七分,我叫你酱香,你叫我浓香。
我的执着是说出实话与老友抬杠:
"我就爱浓香。浓香里最爱五粮液。"
也试图改变你,看你从不喜欢到喜欢。
是为了更多的类同?只是你仍然傲娇:
"酒是好酒,我也只是习惯。"

那次是哪次? 好像就在宜宾,
长条桌排开在月下,老友们排开在月下。
我们集体上头,仍有满杯的酒等着喝干。
谁还能面目如旧?谁仍在拿酒说事?
说五粮液香分三段,与爱契合:
急香是初见时的惊艳,入口是缱绻时的浓溢,

余香是怀想里长久的沉醉。
谁哼起自编的歌词:"她昨日的窈窕
是五粮液,他明天的承诺是五粮液……"

其时岷江开阔,涛声柔和像最好的摇床,
江心之水适于酿酒却不能濯洗酒意。
其时你的舌头僵直:"终于喜欢了你的五粮液。"
而我也对你发着重声:"我不是五粮液……
不是五粮液……是五粮液……五粮液……"

奇云山的云朵

或从天上下凡或从村落里飞升的奇云山的云朵，
一样的缭绕和缥缈，一样的被仰视着。

一样的巡山护林，看顾大片的茶园和湿地，
让草甸延绵，众鸟欢愉。

但总感觉与别处不同。感觉它们是有根的，
根须深入每片叶茎，每滴湖水每条溪流。

感觉它们是有灵性的，自在地变幻，
让整个山头灵动起来，仿佛有了神族的背景。

感觉它们是相亲相爱的！无数次的风起云涌，
多少年的集聚不散，只为更多的交融。

我也目击了那些看云者不同的惊诧表情。

看到心有锁链的那人默然的歆羡。

他长久地看着云起云落，同时看你，
他瞧你的眼神，比旁人多了些不可捉摸。

太平桥

如果,我们再过一次太平桥,
我仍走低矮的桥北,你还站高高的桥南。

太平桥像长龙盘踞,望柱上石狮蹲伏不语。
看上去,你在龙头肃立,我在龙尾萧瑟。

一样的你眉目清冷,一样的我漫不经心。
夕阳仍是一个多事的符号,斜插在桥栏。

然后会有真正的讶然,像水鸟倏忽滑过。
然后同看乌篷船慢摇窄行,让视觉缓冲。

每一次重逢都是一次旧事重提。
交叉或不相干的日子,都是展开的叙事。

叙事里隔着江南的碧水、纤道、游人,

隔着八个桥洞的浪漫,还隔着几次回头。

但没有如果。其时我也只是乘游舫穿桥而过,茶案上两杯想象的黄酒、一堆巧果和茴香豆。

曲水流觞

春风千里,盛不满这小条弯曲的流水,
雅事无数,我却只是过路的俗人。

俗人也想怀古,也想低头沉吟或举杯畅饮,
与时光深处的古人遥相呼应。

也想有三五知己,任惠风吹透腮红,
茂林穿插多丛修竹和窈窕身影。

也想有一杯酒,停在我的面前。
而醉就是风雅,附庸乱飞的裙摆。

哪怕多年后,谁也不记得我也有诗,
诗意空空,里面的有情人本是夜半虚设。

哪怕无数次重回这片流水,四顾茫然,
仍无人陪我看周边残荷,将破败进行到底。

大香林

我到的时候桂花已落,余香是旧时记忆,
在风里一味地残缺,却被过路的谁抱着。

那谁不是我,我是顺着残香能看到花事的人。
也许不止一次,是无数次。

看到千年前的花开与上一次并没有不同。
看到同样闻香而醉的人,明里暗里的消魂。

而我也爱繁花过后大香林的浓绿盎然,
这让我恍惚,我仍没错过什么。

日渐衰老的我,仍可以期待。
或许就在明天,仍有什么到来像雨落深径。

如同守园的长者捧出的桂花糖茶,
沉潜的桂花,也有浓郁的生气。

100里的若耶溪

100里的若耶溪,72条支流或急或缓,
72个姐妹,或柔弱或坚韧。

72道支流,又是72股经脉72道天赐之力,
之后才有了几千年的壮阔和绵延。

才有了这100里的山水画卷。
有了文人墨客笔下难以形容的绚烂。

有了溪流深处的黄铜和最好的宝剑,
有了四时川草长绿,莲香鱼鸥无数。

为何又研习动静之法?静流注入镜湖,
衬天地之美,激越奔腾入海趋天地大道。

我来的时候,100里的若耶溪一味地静幽,

像一个隐世者，深藏 100 里的功与名。

说不出的高深，如同此刻溪林边白发常服的老者，他长拳劲走，不时打出低低的音爆。

某日喝泸州老窖畅想

一个凡俗的男子,小酒量,却敞亮喝酒。
一个凡俗的女子,小情怀,却敞亮喝酒。

"灵魂的相逢万里挑一。"这太难了,
好在有酒,洗去风尘的阻隔。

好在有酒囊,置换一胸腔的悲郁,
允许一杯杯的泸州老窖去反复充盈。
快脱掉你坚硬的外壳和荒凉的外衣,
再脱去肉体,与我相认。

顺便认出人间的高粱,江水和月光,
与天地抱个满怀,与我抱个满怀。

然后在酒里认出两颗心,在还是不在。
然后在酒高处安纯粹的家,将悲伤挤出门外。

这多让人愉快,当清醇的酒液是时光之镜,
两个人的纯粹是一杯酒与另一杯酒。

这多让人愉快,嘴角上翘 52 度,
一杯杯的泸州老窖。一万里的你与我。

向阳小学的诗歌课

大山沟里的小村落,叫向田村。
大山沟里的小学校,叫向阳小学。

刚刚脱贫的村子,房舍路边的家畜旁若无人,
稻谷是库房里的金,稻鱼是田沟里的银。

刚刚温饱的孩子,内心装着"温暖"这个词,
他们的课件有文有理有小康有未来。

仅有面包是不够的,仅有温饱是不够的,
现在,他们在听一堂诗歌课。

小板凳上的孩子坐得端端正正,
棉校服端正,红领巾端正,笑脸端正。

远道而来的诗人,向孩子们讲授诗和远方。

一些词被反复提及：绿色，春天，爱和妈妈。

远道而来的诗人，让孩子们学习比喻和想象，
比如心灵与花朵与蜂蜜与翻山越岭的翅膀。

其时阳光很暖，像社会所能呈现的全部善意，
风潜远，像要替孩子们打探远在远方的远。

西沙湾假日酒店

西沙湾假日酒店早餐厅巨大的落地玻璃上
起伏着一角大海。

心有潮汐的人有一艘送餐的飞艇
正从那角大海驶出。
向着海阔天空。

旗语打出崇武鱼卷,
地瓜粉团,
萝卜糕和蚵仔煎。

还有一朵半开的月季,
上面的露水
带着春日里所能有的所有羞怯和缱绻。

还有问候:
亲,早上好!

温 泉 寺

那么多人来了又走了,隐入时光隧道,
我来的时候,他们被我集体深挖一遍。

温暖的或清冽的,热闹的或冷寂的,
泉汤里模糊的脸庞与梵刹前疑惑的身影。

我边挖边感慨,嘘唏时忽见罗汉松下一位老者,
他眼里仿若实质的纠结有浓荫流淌。

类似于早年的缺憾,类似于怅茫或徘徊,
类似于人类一种普遍的叹息。

他也在慢慢转身,也在慢慢消失。
在秋阳的清冷里,我顺手也将他挖了一遍。

黛 湖

从高处俯瞰，黛湖像一只栖落丛林的蓝鸽，
或是一小片被浓绿圈出的鸽影。

只要愿意，你就能看到它一飞冲天的身姿，
看到它来不及收拢的翅膀在风中的微摆。

但这只是想象，它不确切也抵不上那些直露的
感叹：天哪，真精致！真美！

而所有的想象与感叹并不打搅一湖的闲散，
并没惊动大群锦鲤在水面拼画一幅幅斑斓。

在铺满落叶和松针的松软小径，
慕名而来的游人久久流连也行走无声。

这让每时每刻的黛湖都娴静又娇软，
像偌大的缙云山刻意收敛的诗意锋芒。

缙云山

我们曾远远地说起缙云山,说起那里的松翠花香,
说起山顶的云遮雾罩,山下的江水碧流。

还有绕不开的夜雨、高涨的秋池,
西窗跳动的火烛和明显湿润的话题。

说着说着,就进入了千年前那人的心境,
当时太多的情绪也寻到了安放之处。

说着说着就约好同游,想要借一下诗意的
梯子,去缙云山朝行云夜布雨。

现在,我来了你却不在了。那人也不在,
只有他诗句里的平仄,在山道上反复踟蹰。

只有一座座山峰连绵,像不被安慰的等候高耸。
只有朝霞红了晚霞再红,像要遮掩所有被时光所耽误的……

摩　崖

"活着太痛苦了！"
水至清至纯，他一跃而下。

两岸的杨花，迷了不忍卒睹的眼，
涟漪下，水草缠上他浅浅的梦。

举世皆醉，他清醒太久了，
举世皆浊，他还有事实没有说出。

也许更想去高空看看，
他太多的天问，仍搁浅于月亮。

又为什么如此心平气静，
仿佛让清归于清，让干净归于干净。

当时惊起的一朵云，目睹了绝望者，

向下,抱一块掰于崖上的巨石。

它是疑惑的,多少年来,
它都想在天空里抠出答案。

或者将它的愤怒刻在缺失的山崖上,
为一个颠倒的世界招魂。

览亭眺远

当整个湘湖无所顾忌地向我敞开，
那一刻，我尽力收住粗重的呼吸。
我怕我内心的暮霭和晦暗未明的打量，
怕年深日久的颓废，
污蚀了那份广袤与银亮，
还有环湖那大片如同没有四季的葱绿。
若一生能明明白白地活成一个真相，
我就能一寸寸地小心还原：
初见时的容颜，若有若无的真心。
那一刻，它们如此虚幻却必须
为我存在或假装存在。
就像我仿佛拥有过山河锦绣，
那里碧波为我千顷，青山为我历历，
烟光依稀里我撞见过世上最真的怀抱。

图书在版编目（CIP）数据

一个人的奔跑 / 荣荣著 . -- 宁波：宁波出版社，2021.11
ISBN 978-7-5526-4326-8

Ⅰ.①一… Ⅱ.①荣… Ⅲ.①诗集—中国—当代 Ⅳ.①I227

中国版本图书馆 CIP 数据核字（2021）第 123143 号

一个人的奔跑　荣荣 / 著
YI GE REN DE BEN PAO

责任编辑	罗樱波　苗梁婕
责任校对	张利萍
装帧设计	何月婷
出版发行	宁波出版社
	宁波市甬江大道 1 号宁波书城 8 号楼 6 楼　315040
网　　址	http://www.nbcbs.com
印　　刷	宁波白云印刷有限公司
开　　本	889 毫米 ×1194 毫米　1/32
印　　张	8
字　　数	134 千
版　　次	2021 年 11 月第 1 版
印　　次	2021 年 11 月第 1 次印刷
标准书号	ISBN 978-7-5526-4326-8
定　　价	68.00 元

如发现缺页或倒装，影响阅读，请与出版社联系调换　电话：0574-87248279